山东文化体验廊道故事丛书·下编

枣庄
历史文化故事

ZAOZHUANG LISHI
WENHUA GUSHI

总编纂　王志民
主　编　徐民伟

山东文艺出版社

图书在版编目（CIP）数据

枣庄历史文化故事 / 徐民伟主编 . — 济南：山东文艺出版社，2023.9
（山东文化体验廊道故事丛书）
ISBN 978-7-5329-6987-6

Ⅰ.①枣… Ⅱ.①徐… Ⅲ.①历史故事—作品集—中国 Ⅳ.①I247.81

中国国家版本馆CIP数据核字（2023）第154256号

枣庄历史文化故事
ZAOZHUANG LISHI WENHUA GUSHI

总编纂　王志民　　主编　徐民伟

主管单位　山东出版传媒股份有限公司
出版发行　山东文艺出版社
社　　址　山东省济南市英雄山路189号
邮　　编　250002
网　　址　www.sdwypress.com

读者服务　0531-82098776（总编室）
　　　　　0531-82098775（市场营销部）
电子邮箱　sdwy@sd-press.com.cn

印　　刷　山东临沂新华印刷物流集团有限责任公司
开　　本　880毫米×1230毫米　1/32
印　　张　7
字　　数　147千
版　　次　2023年9月第1版
印　　次　2023年9月第1次印刷
书　　号　ISBN 978-7-5329-6987-6
定　　价　59.00元

前　言

党的二十大报告明确提出："坚守中华文化立场，提炼展示中华文明的精神标识和文化精髓，加快构建中国话语和中国叙事体系，讲好中国故事、传播好中国声音，展现可信、可爱、可敬的中国形象。"习近平总书记在文化传承发展座谈会上深刻指出，要在新起点上继续推动文化繁荣、建设文化强国、建设中华民族现代文明。编纂出版《山东文化体验廊道故事丛书》（以下简称《丛书》）是深入学习贯彻党的二十大精神和习近平总书记重要指示精神，贯彻落实山东省委、省政府关于打造文化"两创"新标杆部署要求的重要举措，是立足山东文化资源优势，以沿黄河、沿大运河、沿齐长城、沿黄渤海和沿胶济铁路等文化体验廊道为轴线，以各市文化体验廊道建设为着力点，撷取历史文化精华的大型普及性学术工程，是在新的历史起点上讲好山东故事、坚定文化自信、推动文化繁荣、促进文旅结合的重点文化项目。

山东，古称"齐鲁之邦"，是中华文明最重要的发源地之一。奔流的黄河由山东入海，齐鲁大地是黄河文明的核心区域之一。巍峨屹立的泰山，自古以来就是历代帝王封禅之地，是中国东方上层文化的活动中心，1987年被联合国教科文组织列为中国第一个世界文化、自然双重遗产。黄渤海环绕的山东半岛是全国最大的半岛，漫长海岸线形成了丰厚的海洋文化资源，一直是中国北方海上丝绸之路的重要门户。山东又是伟大思想家、教育家孔子和孟子的故乡，是儒家文化的发源地，是中国人乃至全球华人、华裔心中的"圣地"。在被称为中华文明"轴心时代"的春秋战国时期，齐鲁是中华文明的"重心"所在：诸子百家，多出齐鲁；儒墨显学，独领风骚。齐国故都临淄，是当时最大的工商业都城，被国际足联命名为"足球起源地"；这里诞生了中国历史上最早的大学堂——稷下学宫，是诸子百家争鸣的学术文化中心；齐长城西起济水，东到大海，蜿蜒于泰沂山脉，全长一千余里，是现存最早的有准确遗迹可考、保存状况较好的古代长城；被列为世界文化遗产名录的京杭大运河，纵贯山东南北，极大影响了元明清以来山东地区的经济文化发展，鲁西沿岸城市带的崛起，成为中国南北文化交流融合的运河明珠，见证了山东地区社会文化的隆替嬗变。近代以来，随着烟台、青岛等沿海城市的崛起和胶济铁路的修筑，山东成为中西文化交流、冲突、碰撞、融合的核心地区之一，收回青岛主权成为"五四"爱国运动的导火索。革命战争年代，山东党政军民用生命和鲜血凝聚而成的"党群同心、军民情深、水乳交融、生死与共"的"沂蒙精神"，是齐鲁优秀文化、伟大建党精神与中国共产党领导的人民革命英雄主义精神的集中体现，是对山东境内沂蒙、胶东、渤海、鲁西（冀鲁豫边区）

等抗日革命根据地红色文化、革命精神的集中凝练和概括，与延安精神、井冈山精神、西柏坡精神等一起成为中国共产党人精神谱系的重要组成部分。齐鲁文化在中华文明发展中的特殊地位，山东地区源远流长、丰富厚重的文化资源，坚定文化自信和自觉的历史责任担当是我们举全省之力编纂《丛书》的内在动力。

《丛书》以国家文化公园建设为引领，以落实文化"两创"、推动"两个结合"为宗旨，以推动全省及各市文化建设为目标，是具有权威性、故事性、可读性、趣味性的历史故事集成，是一套可携带、可利用、可转化的文化读本。《丛书》分为上、下两编，上编16本，围绕"四廊一线"文化体验廊道、八大文化传承发展片区展开。"四廊一线"构筑的沿黄河、沿大运河、沿齐长城、沿黄渤海、沿胶济铁路的文化交通线纵横交错，相互联系又各具特色，其特点是以脍炙人口的故事形式联通"四廊一线"的人物事迹、重点景区、遗址遗迹等，厚植文化体验廊道的思想内涵和文化底蕴。八大文化传承发展片区，既涵盖了沂蒙、渤海、鲁西、胶东四大红色文化片区，又吸收了泰山文化、儒学文化、齐文化作为重要支撑，演奏出山东历史文化、革命文化、社会主义先进文化的时代交响。下编16本，紧紧围绕各地市优势和特色展开，主要记述本地区历史故事、文化遗址与人文景观、非物质文化遗产等内容，是推动文化廊道落地、推进片区文化建设、增强文化认同、深化文旅体验的重要载体。

《丛书》由山东省委常委、宣传部部长白玉刚统筹谋划和指导，省委宣传部专门组建学术编纂委员会负责具体实施，省直各有关部门和各市委宣传部给予大力支持配合，省内相关高校、研究机构和各市有关单位共 100 余位专家学者积极参与，历经酝酿策划、启动实施、提纲设计、样稿研讨、通稿审稿、编辑出版等六个阶段。2022 年以来，省委、省政府先后印发《关于打造中华优秀传统文化"两创"新标杆行动计划（2022—2025 年）》《关于建设文化体验廊道推动文旅融合高质量发展的实施计划（2023—2025 年）》，全方位挖掘展现山东人文沃土可以深度耕作的比较优势，为《丛书》编纂做好了思想、学术和组织准备。具体编纂过程中，省委宣传部专门印发《关于做好〈丛书〉编纂工作的指导意见》，统一思想认识，作出全面部署。编委会以线上线下形式，多次召开全体会议和分组专题会议，狠抓三个重要工作节点：**一是审定编撰提纲**。通过反复研讨、交流、修改、会审等形式逐一审定编写提纲，最大程度保证全书质量。**二是树立样稿典型**。集中力量撰写、反复研讨修改，确定分类样稿，做好典型导引。**三是全力做好通稿统审**。采用主编初审、各卷主编交流互审、学术专家主审、首席专家终审等层层把关、集中审查、反复修改的方式提高稿件质量。

回顾《丛书》编纂工作，始终注意把握好以下四个方面：**一是坚定文化自信**。通过挖掘历史资料、开发历史资源、恢复历史场景等形式，获取文化营养，坚定文化自信。**二是助推文化自觉**。通过传承弘扬优秀传统文化、红色文化、社会主义先进文化，深入挖掘历史先贤和革命先烈的伟大事迹，推动文化自觉，与培育践行社会主义核心价值观有机结合。**三是落实文**

化"两创"。精选真实历史故事，注重挖掘故事背后的文化内涵，推动齐鲁优秀传统文化在新时代创造性转化和创新性发展，推进文化自信自强。**四是服务文旅融合。**借助故事、景观、遗址、非遗讲解词、短视频等融媒体形式，让广大读者在区域文化旅游、廊道文化体验中感受中华文化的博大精深，增强民族自豪感和自信心。

在内容撰写上注重四个结合：**一是与廊道体验相结合。**突出廊道建设概念，以故事为纬线，以时代发展为轴线，通过富有魅力的故事讲述，展示历史人物、景观、史实，引领读者体验传统文化的恢宏气势和博大精深。**二是与景观建设相结合。**以真实动人的故事为景观建设提供重要的历史资源和文化依据，通过一个个精品景观建设展示历史故事的丰富内涵和当代价值。**三是与文物保护相结合。**通过讲述历史故事，让广大读者进一步了解相关文物、遗址的历史文化价值，提升文物保护意识，推动群众性文物保护工作再上新台阶。**四是与媒体利用相结合。**立足于故事转化，使故事成为各类媒体传播的重要基础、蓝本和素材，成为廊道文化、片区文化讲解、传播的重要学术依据和资料来源。

《丛书》的编纂出版，是普及、传播优秀传统文化，推动文化"两创"的新尝试。衷心希望广大读者通过阅读本书，吸收丰富文化营养，多提宝贵修改意见。

编者

2023 年 8 月

导　语

　　枣庄市地处山东省南部，经齐风鲁韵、楚辞汉章浸润，形成了丰厚而多元的地域文化。七千五百多年前，枣庄的先民就在这里繁衍生息，创造了光辉灿烂的北辛文化。造车鼻祖奚仲在此造车，"科圣"墨子在此立说，百工之祖鲁班在此创造，先贤荀子在此讲学。岁月的年轮镌刻着枣庄地域文化的厚度和广度，使枣庄的文化呈现出底蕴深厚、丰富多彩的特点。

　　近代以来，枣庄因煤而兴，因抗战而名。这里诞生了中国第一家民族股份制企业——中兴煤矿公司，采用先进技术采煤，煤炭质优量大，使枣庄成为名副其实的"鲁南煤城"。1938年，在这里爆发了举世闻名的台儿庄大战，枣庄又成为一座英雄之城，成为中华民族奋力抗战的扬威不屈之地。八路军一一五师挺进山东，在这里建立了根据地，铁道游击队的抗战传奇家喻户晓，枣庄在抗日战争史上书写了浓墨重彩的一笔。新中国成立后，枣庄的建设者们筚路蓝缕，艰苦奋斗，构建了煤炭、电力、建材、机械、纺织等门类齐全的工业体系，为国家建设做出了突出贡献，有"鲁南明珠"之誉。山川秀丽，物产丰富，民风淳厚，历史悠久，枣庄的自然风光、人文景观、历史文化厚而可观，浓而可品，是一处既可远观又可细品的文化宝地。

《枣庄历史文化故事》按照丛书编纂委员会的编纂要求，深耕枣庄文化沃土。在内容选择上，精选世代流传的能反映枣庄历史风貌、人文精神、文化特点的地域文化资源，作为本卷的编撰内容。在结构上，梳理历史文化、名胜景观、文物遗址、非遗文化相关内容，分为七个板块。在表现形式上，力求做到具有标识性、可观性，形象生动，图文并茂，体现文旅融合。力求用讲故事的方式，把这里的历史事件、历史人物、民情民俗、自然风物，呈现给广大读者，让大家在轻松愉快的阅读中，一览枣庄之貌，一品枣庄之美，了解枣庄，走进枣庄，喜爱枣庄。

目　录

六、非遗匠造 / 145

一

哲人贤士

1.仲虺

商代贤相

仲虺是夏禹车正、薛国始祖奚仲的十二世孙。古薛国的属地，就位于现在的枣庄市及其附近一带。仲虺二十四岁时承袭薛国国君之位。他和伊尹分别担任商朝的建立者商汤的左、右相，倾心辅佐商汤，为商汤灭夏以及稳定商朝初年政局做出了很大贡献，是我国历史上杰出的政治家。

仲虺生活的时代正处于夏商交替之际，时局动荡。仲虺准确把握时势，加入商汤灭夏的行动中，成为商朝开国名臣。其时夏朝正处于最后一个君主夏桀的统治时期。夏桀是中国历史上有名的暴君，在他的统治下，百姓生活困苦，甚至发誓要与他同归于尽。而商族自始祖契以来，大力发展自身势力，逐渐向西部扩张，到商汤时，已然是东部最为强大的侯国，做好了灭夏的准备。仲虺等为商汤拟定的战略就是先剪除夏的羽翼，使夏桀孤立无援，然后再与其展开决战。在此战略指导下，商汤先后灭掉了葛、韦、顾、昆吾等小国，并与夏桀展开鸣条之战，打败夏桀，将其流放到南巢，建立了商朝。

商建立初期，夏的残余势力还比较强大，不服从命令，社会秩序不稳。商汤对于依靠武力取得天下、流放夏桀一事内心不安，甚至感觉惭愧，更忧虑将来有人效法自己的行为。为了消除商汤的心理阴影，维护社会的稳定，更为商朝的长治久安谋划治国之道，仲虺上书商汤，发布了著名的《仲虺之诰》。

在诰文中，仲虺首先指出夏的灭亡是夏桀荒淫无道导致社会矛盾激化的结果，是夏桀对百姓无德而自取灭亡。商汤则是奉了上天的命令，率领诸国灭掉夏朝的。仲虺做了一个生动的比喻，说商朝取代夏朝，就像把禾苗中的杂草剔除，把谷子中的秕子筛掉。仲虺同时强调，上天之所以把灭夏的使命交给商汤，是因为商汤具有特别优秀的品德，比如知人善用，勇于改正自己的错误，不近声色，不贪婪于财富，对百姓既宽容又仁厚等。因此他深得拥戴，在与夏朝作战中，众多小诸侯国甚至希望他首先收服自己。仲虺通过以上的解释，成功消除了商汤内心的负罪感。

夏朝因无德而亡，商朝的君主如何做，才能使国家免于同样的下场呢？仲虺在诰文中厘清了商朝治国理念，制定了施政方针，为商朝的长治久安指明了方向。他说，百姓之所以拥戴商朝，是因为仰慕商汤的德行和爱民护民之心，商朝统治者必须慎始善终，不断锤炼自己的德行，制定适合百姓的礼仪，方能永保天命。仲虺的诰文在关键时刻发布，对于稳定人心，以及确定商朝的治国方略都有着深远的意义，充分体现了仲虺高瞻远瞩的政治家气度和才能。

薛国始祖奚仲将家族迁到了邳，仲虺为商朝立下汗马功劳后，商汤把他封回到薛，仲虺于是把薛国的统治中心重新迁回到薛地。仲虺居薛期间，发扬先祖重视生产技术的传统，带领民众改良生产工具，兴修水利，大力发展农业，畜牧业和手工业也取得了相当的进步。薛国成为当时经济比较发达、综合实力较强的城邦，也是商朝在东方的重要诸侯国。

仲虺对于国家治理颇多真知灼见，他说，诸侯品德各有优劣，如能为自己选择良师，就能称王天下；能为自己选择良友，就会保全自身；身边的人都不如自己，就会导致亡国悲剧的发生。除了治国理政的见解，仲虺的一些言论还体现了雄心勃勃的军事思想，如他建议商王根据周边形势果断采取军事措施。由于符合后世霸业潮流，其理论常被兵家运用并发扬。古籍记载的仲虺之言，凝聚了他丰富的人生经验，已成为格言警句。

仲虺去世后，葬在了奚仲墓旁。现在奚公山东部不远的潘楼村（今属薛城区陶庄镇）附近，有一处商周时期的台型遗址，当地人呼作"灰古堆"，这就是仲虺墓。滕州前掌大商周贵族墓地也出土过一件青铜尊，上有铭文"虺妇兄虺"。虺就是虺，"虺妇"即为外姓之女嫁到薛国为妇者，这证明了商代居住在薛河附近的贵族就是仲虺的后人。古老薛河哺育了仲虺，他由薛国走向中原，终成一代名相。

2. 墨子
讲"兼爱"的"科圣"

墨子，名翟，战国初期小邾国（今枣庄市的滕州、山亭一带）人，约生于公元前480年，约卒于公元前420年，为我国古代伟大的思想家、军事家、科学家和教育家。他所创立的墨学与当时的儒学并称为两大显学。墨子的"兼爱""非攻"等政治思想在当时的社会产生了重要影响，而他及弟子在科学技术上所取得的成就更是达到了当时世界科技的高峰，因此他又被称为"科圣"。

墨子出身寒微，自称"北方之鄙人"，早年刻苦钻研机械、木工等手工艺，技艺相当高超，甚至能用木片制成会飞的老鹰，堪与同时代的鲁班媲美。墨子也曾苦读儒家经典，系统地受过周礼的教育，但后来他跟儒学分道扬镳，对儒家学说进行了批判和改造，他的思想主张代表了社会下层民众的利益。

"兼爱"既是墨子整个思想体系的核心，也是他政治学说的核心，"兼爱"思想贯穿于墨子理论和实践的始终。墨子认为，每个人的人格都是平等的，应不分血缘关系的亲疏远近和身份等级的贵贱高低，而施以平等的、无差别的爱。人与人之间应和平相处，对等互报，互爱互利。既然人人相爱，那就理所当然地要宣扬"非攻"。墨子主张和平，倡导国家间和平共处，认为战争破坏生产，给民众带来深重的灾难，所以反对国与国之间无休止的掠夺战争，谴责大国对小国的侵略；但当国家遭到侵略时，他又主张积极抵御，以正义战争战胜不义战争。这种捍卫和平的思想到现在依然闪烁着光芒。

墨子认为，要实现"兼爱"的理想社会，需要上下各阶层共同参与，因此，他把教育当作救世济民的重要手段，广收弟子，聚徒讲学，创立了墨家学派。在他的努力下，墨家弟子遍布天下，对当时各国的政治影响巨大。

为了让诸侯国的国君们接受他的思想主张，墨子和他的弟子们不辞劳苦，足不旋踵，奔走于各诸侯国之间。他扶危救难，帮助弱小国家抵抗强国的入侵。他游说强国接受自己"兼爱""非攻"的观点，放弃侵略行动。鲁穆公担心齐国侵略鲁国，询问墨子如何防备。墨子趁机表达自己的政治主张，劝说鲁穆公要尊天，保护百姓的利益。

墨子认为，齐国、晋国、楚国都是好战之国，需要下大气力劝说他们的国君接受自己"兼爱""非攻"的政治主张。他曾多次到楚国，希望楚王采纳自己的建议。公元前440年，楚国准备攻打宋国，楚惠王还请了鲁班制造攻城的云梯。墨子听说后，裂裳裹足，日夜兼程，走了十日十夜，到达楚国都城郢，运用雄辩的口才使楚惠王认识到攻打宋国是不明智的举动。但楚惠王因为迷信云梯的威力而不肯放弃侵略意图，于是墨子就与鲁班模拟楚宋攻防战况，每次墨子都取得胜利。同时墨子还

墨子纪念馆

告诉楚惠王，他的弟子禽滑厘等三百人已经严守在宋城，迫使楚王放弃了攻宋的计划。"止楚攻宋"是墨子以其高超的智慧和胆识成功推行"非攻"主张的范例。

墨子一生倡导、实践的都是积极进取的精神。墨家对自己所信奉的思想学说和对社会理想的不懈追求，所表现出来的赴汤蹈火、死不旋踵的牺牲精神，在践行其政治主张中体现出的文化人格，正是传统文化理想人格所追求的成大义的境界。这种文化性格注入了传统文化，使传统的理想人格具有了前赴后继、宁死不屈的无畏精神，从而铸造了中华民族精神光辉灿烂的一面，民族、国家、社会的群体意识在这种理想人格中得到发扬。

在先秦诸子百家中，墨家是最富有科学精神的一派。墨子及其后学非常重视理论与实践的结合，将自然科学作为研究对象。墨家在科学理论及科学实践上所达到的高度，是其他诸子所不及的。而墨家在光学、力学、数学、机械制造等方面取得的巨大科技成就，堪称我国先秦时期科学技术的顶峰。后人所熟知的"小孔成像""杠杆原理"等都出自他和弟子撰写的《墨经》中。

1939年4月24日，毛泽东在延安抗日军政大学生产运动初步总结大会上的演讲中，高度评价墨子思想："墨子是一个劳动者，他不做官，但他是比孔子高明的圣人。孔子不耕地，墨子自己动手做桌子、椅子。"

3.鲁班

百工之祖

鲁班，姓公输，名般，鲁国人，大约生活在春秋末期到战国初期。鲁班是优秀的工匠和杰出的发明家，是与"科圣"墨翟同时代的平民"匠圣"。两千多年以来，他的名字和他的故事一直广为流传。他被土木工匠们尊奉为祖师和行业神，也成为中华民族勤劳智慧、勇于创新的典范和象征。

鲁班是享誉神州的工匠圣人，发明创造了多种简单机械装置。这些发明里面包含了丰富的机械原理，并且大都与人们的日常生活息息相关，方便了人们的生活。

鲁班对传统门锁进行了改进。锁在周代就已经出现，其形状像一条鱼，构造比较简单，安全性比较差。经过鲁班改进后，其形状、结构都有了很大的变化，锁的机关设在里面，外表不露痕迹，只有借助配好的钥匙才能打开，相当安全。俗话说"一把钥匙开一把锁"，据说就源于鲁班的发明。

鲁班曾用竹片制作了飞鸟，竟能在天上飞翔，可以说是现代飞行器的鼻祖，反映了我国古代劳动人民对飞行技术的探索和高超的智慧。唐代段成式的《酉阳杂俎》讲述了鲁班制造飞鸟的故事：鲁班在凉州建造塔时，因为思念初婚妻子，就造了一只木鸢，敲击机关三下，木鸢即可飞翔，他就乘坐木鸢回家与妻子相会。直到妻子怀孕，他的父亲才获知木鸢的秘密。父亲特别感兴趣，也坐上木鸢起飞了。但由于操作不熟练，敲击木鸢次数过多，就一直飞到吴地的会稽。当地人看到他从天而降，竟然把他当作妖孽打死了。鲁班因此痛恨吴人，就造了一个木仙人，手指向吴地，吴地竟因此大旱三年。吴人无奈，向其谢罪。鲁班就断去了仙人一只手，吴地才解除了大旱之灾。这虽然只是一个传说，但反映了鲁班在民间的影响。

鲁班还是杰出的土木工程专家和木工工具发明家。后世的大量建筑往往假托鲁班之名，借以彰显名气。如山西灵石县的寺庙、盂县的两岭桥、河津市的流丹亭和舜庙，广西阳朔县的遇龙桥、平龙县的接龙桥、荔浦县的太河桥等，民间传说皆称是鲁班所造。就连久负盛名的古建筑赵州桥、黄鹤楼，也有很多传说与他有关。鲁班已成为建筑业的旗帜和象征，是中国传统建筑文化中知名度最高的人物。

鲁班之所以被后世木匠及石匠、瓦匠尊为祖师爷，更重要

鲁班纪念馆

的原因是他发明了许多木匠必须使用的木工工具，如曲尺、刨、铲、钻、墨斗、锯、凿等。尤其是鲁班发明锯的故事更是为后人津津乐道，流传久远。

鲁班为平民百姓所推崇，进而成了保护百姓、造福百姓的神话人物。滕州等地至今仍有过"二年"的习俗，即把传统的春节叫过大年，把鲁班的诞辰叫作过二年。每年的农历五月初七被当地人称为"鲁班寿诞节"，并有"大年不大过，二年不小过"的说法。鲁班成为中华民族勤劳智慧和创新精神的代表、标志和符号。在全国各地形成并广为流传的各种鲁班故事，充分表达了世人对鲁班的敬仰。而"鲁班传说"在中国社会发展的历史长河中，形成了创造创新、不断进取、努力向善的精神，和一种勤劳、智慧、亲民的理念，这就是鲁班文化。

4. 荀子
先秦最后的大儒

荀子，名况，字卿，又称"孙卿"，战国末期赵国人。生卒年月不详，大约晚于孟子百年左右。荀子是先秦继孟子之后儒家的最后一位大师，他创立了博大的儒家思想体系，对先秦诸子思想都有批判吸收。他不仅对于先秦儒学的发展有着承上启下的作用，而且也是先秦思想史上集大成的思想家。

荀子五十岁时游学于齐国稷下学宫。稷下学宫是齐桓公(田午)为了争夺霸权而招徕天下学者，为他们专门设立的讨论学术和治国之道的学府。齐威王和齐宣王也都重视礼贤下士，著名学者齐集一堂，人才辈出，稷下学宫名噪一时。齐襄王时，荀子三次出任学宫祭酒，被认为是当时最为杰出的学术大师。

荀子生活在秦国统一六国的前夕，他和孔子、孟子一样，周游齐、楚、赵、秦等国，试图说服诸国诸侯接受他以王道统一天下的理想。他的许多见解受到各国当权者的称赞，然而都未能被采用。他在齐国时，曾劝说手握实权的齐国宰相说："要推行汤武的王道，才能进可攻，退可守；要重用贤才，才可以得民心。"但齐国不仅没有重用他，反而有小人进谗言陷害他，他不得不离开齐国投奔楚国。楚国的春申君对他非常赏识，任命他为兰陵令。春申君身边的人却认为荀子是著名的贤才，不应让他管理如此大的地方，以防他强大后称王。春申君又收回了成命。荀子不得已回到了赵国。在赵国，他又与将军临武君讨论了军事问题，坚持认为战争的胜利与人民的支持是分不开的，要建立一支仁义之师，行王者之道。荀子还曾到过秦国，试图劝说秦王采用王道，以求和平。

此时，春申君的门客又劝说春申君，既然荀子是天下知名的贤才，为何不加以重用呢？伊尹和管仲都是大才，君主重用他们使得国家安定富强，并没有带来亡国危险啊。春申君恍然大悟，又请回了荀子，仍然任命他为兰陵令。公元前238年，春申君因楚国内乱被害后，荀子也受到牵连，被免去兰陵令。但他并没有离开，而是定居兰陵，在这里开馆授学并完成了不朽名著《荀子》，死后就葬在了兰陵。

荀子的思想是时代发展的产物。战国末期，封建生产关系已经基本确立，经过长时间的兼并战争，结束诸侯割据的局面，建立一个统一的中央集权制国家成为时代的要求。此时，学术思想也由百家争鸣趋向于互相吸收、互相融合。荀子适应时代的要求，批判地吸收了各家之长，兼取儒、道、墨、法等诸家思想，成为战国后期一位集大成的思想家。《荀子》一书，思想博大精深，内容极为丰富，凡自然、社会、哲学、政治、经济、军事、文学等皆有涉猎，堪称我国思想史上的一座丰碑。

在自然观上，荀子大胆地提出了"明于天人之分"的唯物主义自然观，认为自然界有自己的运行规律，不以个人的意志为转移，社会的治乱和国家的兴亡是政治造成的，与天没有关系。因此人们只要发挥自己的主观能动作用，认识、掌握自然规律，就能改造自然界、利用自然界。荀子的"人定胜天"的光辉命题在我国思想史上无疑具有划时代的革命意义。

荀子的自然观反映到人性论上，形成了他的"性恶说"，这是荀子哲学思想的重要基石。荀子认为人的本性是恶的，充满了对物质欲望的渴求。人们的善良行为是后天人为努力的结果。如何在国家治理中克服人性之恶，实现国家富强、社会安定呢？在性恶论的基础上，荀子提出了他的政治论。荀子的政治理想是建立一个中央集权制国家，"隆礼""重法"是其政治理论的核心内容。荀子认为，礼可以制约人们的情欲，约束人们的行为，它不仅是一种伦理道德等级制度，更是治国之根本，是最高的政治纲领；只有隆礼，才能治国。而法则是必不可少的手段。他主张治理国家必须礼法并重，因此在治理国家的方法上强调王霸并重。

作为个体，每一个人又如何去除本性之恶呢？荀子认为，应该通过学习儒家礼仪制度，约束、克服本性之恶，并逐渐加以消除。他写出了流传千古的《劝学篇》，其中的教育思想至今依然闪烁着智慧的光芒。

由此可以看出，荀子的思想具有极强的现实性和实践性，是针对当时的政治现实而发的。正因为礼法并重，所以他培养出韩非子、李斯两位杰出的法家代表人物，也在情理之中了。

5. 孟尝君

善"养士"的战国公子

战国时期，诸侯争霸，各国都下大力气搜罗人才为己所用，兴起一股纳贤养士的风气。以善养士著称的有齐国的孟尝君、赵国的平原君、魏国的信陵君和楚国的春申君，历史上称之为"战国四公子"，其中又以孟尝君为其中翘楚。

孟尝君姓田名文，为齐国相田婴的庶子，被齐国国君封于薛地，称薛公。孟尝君承袭父亲爵位后，大力招贤纳士，门客竟有三千多人，为后人津津乐道的"狡兔三窟""鸡鸣狗盗"等典故都与孟尝君"养士"有关。

冯谖是孟尝君的门客之一，他的遭遇最具戏剧性。当初冯谖投奔孟尝君时，孟尝君问他有何才能。冯谖回答说没有特殊才能，只因穷困潦倒且闻知孟尝君好客，所以才到他的门下为客。孟尝君也不以为意，收留了他，给他很好的待遇。孟尝君在薛地向百姓放贷收息，冯谖主动要求去收息。临行前，冯谖问孟尝君有没有需要购买的物品，孟尝君便随口说让其买府中缺乏的东西。冯谖到薛地后，发现那些欠债的人大都穷困潦倒，根本还不起债务。冯谖就大摆筵席，宴请欠债的人，并将实在无力偿还债务者的债券当众焚烧，并说这是奉了孟尝君的命令。薛地的老百姓都对孟尝君感激涕零。孟尝君对此很不满意，责问他为何焚毁了债券。冯谖说："我这是为你'焚券买义'啊。"一年后，齐王听信谗言，罢免了孟尝君的职务。孟尝君率领门客回到薛地。距离薛地还有一百多里时，老百姓已经扶老携幼迎候他的到来。孟尝君一下子就感受到了冯谖"焚券买义"的深谋远虑和良苦用心。

　　冯谖又对孟尝君说："常言道'狡兔三窟'，您现在却只有薛地一窟，我要为您再营造两窟。"于是冯谖携带礼物到了魏国，对魏惠王说："齐国之所以能称雄于天下，都是孟尝君辅佐国君的功劳。如今齐王听信谗言，把孟尝君赶回薛地。您若能接孟尝君来魏国辅佐您，一定能国富兵强。"魏惠王早就闻听孟尝君的贤名，一听这话喜出望外，立即派出使节带着重礼去迎聘孟尝君。齐王听到这个消息，大为震恐，连忙派人向孟尝君谢罪，请孟尝君继续担任相国管理国家。冯谖趁机劝孟尝君索取齐国先王的祭器，要求将齐国宗庙建立在薛地。齐国的宗庙在薛地建成后，冯谖向孟尝君说："三窟造好了，您可以高枕无忧了。"

　　最能体现孟尝君知人善任的，是具有传奇色彩的"鸡鸣狗盗"的故事。有一次，齐王派遣孟尝君出使秦国。当时的秦国国君秦昭王非常赏识孟尝君的才能,就想留下他做秦国的相国。但秦国的大臣们坚决反对,他们力劝秦王,说孟尝君出身王族,在齐国有封地有家人,不会真心为秦国办事,对秦国很不利,但放走他又会使齐国更为强大,杀掉他方是万全之策。秦昭王便改变了主意,把孟尝君和他的门客们软禁起来,并企图谋害他们。

为尽快脱离险境,孟尝君便向秦昭王最宠爱的嫔妃求助,希望她能够向秦昭王美言几句,放自己一行回国。宠妃特别喜欢孟尝君的白色狐皮裘,提出孟尝君将此当作谢礼送给自己才肯帮忙。但孟尝君已将狐白裘赠予了秦昭王。秦宫库房防备森严,孟尝君和门客们都一筹莫展。这时,一个门客说自己能够将狐皮裘偷出来,因为他的特长就是钻狗洞偷盗。当夜,这个门客钻入仓库,取出那件狐白裘献给了秦昭王的宠妃。宠妃就向昭王说情,昭王果然释放了孟尝君。

孟尝君立即马不停蹄地逃离秦国都城,夜半时分到了函谷关。按照秦国法律规定,鸡鸣时分才能放行人出关。而此时秦昭王后悔放走了孟尝君,派出了军队前来追捕。孟尝君等唯恐追兵赶到,万分着急。他的门客中恰巧有个能学鸡鸣的人。他一学鸡鸣,附近的鸡跟着一齐鸣叫起来,守关的士卒就开门放他们出了关。当初孟尝君把这两个人收留为门客时,其他门客认为他们只是"鸡鸣狗盗"之徒,羞于与他们两个为伍。而此时却靠着这两个人得救,门客们都不禁钦佩孟尝君知人善任、人尽其用的用人之道。

6. 叔孙通

汉家儒宗

　　叔孙通（？—前188），原名何，号稷嗣君，薛人，是秦汉时期的儒学大师。秦汉之时，政局动荡，礼崩乐坏。叔孙通凭借自己的机敏才智，从容周旋于乱世。国家太平时，他又能坚持儒家理念，为汉高祖刘邦建立了礼乐制度。

　　秦朝末年，天下大乱。秦二世胡亥召集身边的博士询问真实情况，商议对策。其他人都认为形势相当危急，只有善于察言观色的叔孙通看出胡亥粉饰太平的心态，就说所谓的叛乱不过都是小毛贼作乱，天子不需要担心。其他人指责叔孙通误国，叔孙通却认为如果不是如此欺瞒，大家的性命都将不保。但他也知道再继续效忠胡亥将随时有生命危险，于是弃官逃回家乡。

　　后来，不甘平庸的叔孙通又相继投奔了项梁、楚义帝、项羽等部。刘邦攻占项城时，叔孙通又投于刘邦帐下。刘邦本就文化水平不高，起兵反秦后崇信武力，轻视文人，对儒生更是随意侮辱。叔孙通就换去儒生的衣服，穿上和刘邦一样的楚制衣服，刘邦很欣赏他的变通。

　　叔孙通是带着上百名弟子投奔刘邦的，他的弟子们当然希望叔孙通能在刘邦面前推荐自己，以获得高官厚禄。但叔孙通给刘邦推荐的皆是能征善战的武将，弟子们很是不满。叔孙通跟他们解释道："现在是汉王逐鹿中原、争夺天下的时刻，需要的是能打仗的勇士，咱们读书人暂时发挥不了作用。但请你们安心等待，我不会忘记你们的。"叔孙通以一介儒生，从容应对秦二世的残暴昏庸、项羽的喜怒无常、刘邦的粗鲁无赖，可见其机敏、权变。

当汉王朝平定天下后，叔孙通一改以前的善变立场，抓住百废待兴的时机，充分发挥自己的特长，为汉高祖制礼作乐，制定汉王朝的礼乐制度。汉朝的大臣们大都出身平民，不懂礼仪，在朝堂上经常做出失礼的行为，如饮酒争论、醉后喧哗，甚至拔剑击打宫殿的立柱。汉高祖感到不满，但没有好办法解决。叔孙通观察到汉高祖的厌烦和无奈，就向他建议实行儒家礼乐制度。他召集鲁地的一些儒生和自己的弟子一起修订礼乐制度。一个多月后，制度初成，叔孙通邀请汉高祖观礼。汉高祖觉得可行，就令大臣学习并遵守。汉高祖七年（前200），长乐宫建成，诸侯王和群臣都来朝拜皇帝，参加大典，并严格执行叔孙通制定的礼仪。天刚亮时，谒者主持礼仪，按照爵秩等级引导文武百官依次进入殿门。廷中排列着战车、骑兵、步兵和宫廷侍卫军士，兵器林立，旗帜飘扬，肃穆庄严。谒者传呼"小步快走"，所有官员各入其位。大殿下面，郎中站在台阶两侧。凡是功臣、列侯、各级将军都按次序排列在西边，面东而立。凡文职官员从丞相起依次排列在东边，面向西。刘邦登上大殿后，各级官员依次毕恭毕敬地向皇帝施礼道贺。从朝见到宴会的全部过程中，没有一人敢喧哗失礼。大典之后，高祖高兴地说："我今天才感受到当皇帝的尊贵啊。"高祖重赏叔孙通和他的弟子们。弟子们都非常高兴，称叔孙通为"知当世之要务"的圣人。

为了汉王朝的长治久安，叔孙通勇于与汉高祖对抗。汉高祖晚年宠爱小儿子赵王如意，在戚夫人的鼓动下，萌发了废掉太子刘盈的念头。时任太子太傅的叔孙通听说后，就当面对高祖说："当年晋献公废太子，立奚齐，晋国因此政局动荡数十年，并为天下人所耻笑；秦朝因为未早定扶苏为太子，让赵高乘机立了胡亥，最终导致秦朝灭亡。如今天下人都知道太子刘盈仁孝，陛下怎么能轻易废太子而令天下人寒心呢？如果废掉太子，那就先杀掉我吧。"高祖被叔孙通的话语打动，向他保证不废掉太子，从而保证了汉初政局的稳定。

纵观叔孙通一生，他生逢乱世，权变通达，在儒学与社会政治的结合上，做出了创造性的贡献，促进了儒学的经学化。大史学家司马迁在《史记·叔孙通传》中对他做出了极高的评价，认为他能够根据时代的变化而制定适合的礼仪制度，为"汉家儒宗"。

7. 萧望之

两朝名儒，一代帝师

萧望之（约前114—前47），字长倩，东海郡兰陵县人，世代以种田为业。萧望之酷爱读书，和匡衡一起师从同县的大学者后仓近十年，又师从博士白奇，还跟随夏侯胜学习《论语》等，终成一代大儒，名著京师。

当时汉昭帝年幼，大将军霍光执政，长史丙吉就把萧望之等人推荐给霍光。由于刚遭遇了刺杀事件，霍光变得十分警觉。来人都要被脱衣搜身，去除兵器，由两个官吏挟持着方可进见。

性格孤傲的萧望之不肯接受这样的屈辱，宁愿不要前途，也不见霍光。他因此得不到霍光的重用，数年间才做了个郎官。

霍光去世后，霍氏家族依然掌握大权。霍光的儿子霍禹担任大司马，侄孙霍山任尚书。公元前67年的夏天，长安下冰雹。萧望之上疏汉宣帝，认为阴阳不和是一姓专权所致，希望皇帝能提拔贤良人才。萧望之将矛头直指霍氏家族，展现了不凡的政治勇气，深得宣帝赏识，很快得到了提拔，一年之内三次升官，做到二千石级的官员。之后霍氏因为谋反被诛，萧望之就更加受到重用，在处理政务上也显示出了杰出的才能和卓越的政治眼光。

宣帝年间，匈奴大乱，分裂为南北两部。很多大臣都认为匈奴为害很长时间了，可以趁其内乱发兵。萧望之却持反对意见，认为应该在南匈奴衰弱的时候帮助他们，四方夷狄都会钦慕汉朝的仁义；如果南匈奴呼韩邪单于能恢复王位，一定会向汉朝称臣。宣帝听从了他的建议。

后萧望之得罪了权臣，被以"傲慢不逊"的罪名降职为太子太傅，成为太子的老师。他倾心给皇太子讲授《论语》等，太子很尊重他。宣帝临终时，萧望之被任命为前将军光禄勋，和其他几位大臣共同辅佐太子。元帝即位后，经常与他讨论治乱之道。宣帝重用宦官，中书令弘恭、石显长期掌握中枢机要。元帝即位后，萧望之毅然上疏，认为中书令是关键职务，应当用贤明的士人，不应该用宫廷的宦官。元帝虽然也很希望改变这种局面，无奈性格懦弱。弘恭、石显就更加忌恨萧望之，寻机进行报复。

等到萧望之休假未上朝时，弘恭、石显上奏元帝，诬陷萧望之等勾结朋党，诽谤大臣，要求"请谒者召致廷尉"。当时元帝刚继位，不理解"谒者召致廷尉"的意思就是抓捕入狱，竟然准许了他们的请求。萧望之就被关进了监狱。后来元帝想召见萧望之，身边人回答说已关进监狱。元帝大吃一惊，下令赦免萧望之，但仍然没有拗过弘恭、石显，还是将他免职了。几个月后，元帝思念萧望之，又准备重用他。但弘恭、石显等人不甘心，他们深知萧望之气节高尚，不肯受侮，故意建议再次抓捕萧望之，让他在牢狱中受些侮辱。元帝虽然了解萧望之为人刚直，不会接受官吏的审问，但懦弱的性格让他再次做出了让步。

萧望之闻知后，仰天长叹说："我曾经担任过将相之职，年纪也已超过六十岁，年老而进监狱，苟且偷生，不是太屈辱了吗？我宁可死，也不苟活于世。"于是吞药自杀。元帝听说后十分震惊，痛哭流涕，下诏优待萧望之家族，逢年过节就派使者祭祀萧望之。

萧望之堂堂正正，宁折不屈，身为儒宗，又有辅政之才，可与前代的社稷名臣相媲美。但他不善权谋，无力整治朝纲，又一身傲气，孤介耿直，最终死于佞臣之手，实在是令人叹惋。

8. 匡衡

千古勤学榜样

匡衡（生卒年不详），小名鼎，字稚圭，东海郡承县（今枣庄市峄城区）人，西汉经学家，以说《诗经》著称。匡衡是西汉宣、元、成三朝重臣，历任太常掌故、郎中、平原文学、博士给事中、光禄大夫、太子少傅、光禄勋、御史大夫。建昭三年（前36），被任为丞相，封乐安侯，食邑六百户。后因与同僚发生矛盾，被告发强占土地而免官。

匡衡十分好学。由于家境贫寒，他不得不靠替人帮工以补贴家用。匡衡买不起供其夜读的灯烛，更难找到书籍，求学之路相当困难。隔壁邻家较富，灯烛常亮至深夜，匡衡便在壁上凿一小孔，借用透来的一丝烛光，埋头苦读，这就是著名的凿壁偷光的故事。匡衡因此成为流芳千古的勤学榜样。同县有个叫文不识的富豪，家里藏书很多。匡衡就去他家里做雇工，但不要报酬。主人感到很奇怪，就问他为何如此，他表示希望能够尽读主人的藏书。主人很是感叹，就把藏书借他阅读，匡衡的学问更加进步。匡衡和萧望之等拜同郡的经学大师后仓为师，钻研《诗经》，对《诗》学的理解十分透彻。

但匡衡的仕途却并不是一帆风顺的。汉朝的选官制度，博士弟子掌握"六经"中的一经，即可通过考试获得官职。考试得甲科者，可为郎中，得乙科者为太子舍人，得丙科者只能补文学掌故。匡衡九次考试，才勉强中了丙科，被任命为太常掌故，后来又补为平原郡的文学一职。朝廷很多官员如萧望之等非常赏识匡衡的学识，建议将他留在京都。太子刘奭也很欣赏匡衡。但因为当时汉宣帝强调以法治国，重视法家思想，不太重用儒生，他只能到平原郡就职。

黄龙元年（前49），汉宣帝驾崩，刘奭即位，是为汉元帝。

当时外戚、乐陵侯史高与萧望之共掌朝政，两人产生矛盾。长安令杨兴劝说史高道："您富贵在身，却没有好的名声，就像把一件珍贵的白狐皮大衣反穿着。这主要是因为您推荐给朝廷的人都是亲戚故旧，而没有推举贤才。匡衡是天下闻名的经学大师，您如果把他推荐给朝廷，他一定会成为朝廷重器，您也会流芳百世。"史高于是向元帝举荐匡衡。元帝本就赏识匡衡，又喜好儒术文辞，尤喜爱《诗经》，因此就提拔匡衡为郎中，迁博士、给事中。匡衡很快成为元帝的近臣。

初元二年（前47），发生了日食和地震，元帝就让大臣们分析朝政的得失。匡衡于是上书，劝说元帝裁减宫廷的费用，亲近忠臣义士，疏远佞臣小人，选拔贤才，放开言路。汉元帝很赞赏匡衡的见识，提升他为光禄大夫、太子少傅。

汉元帝宠爱傅昭仪和她的儿子定陶王，疏远了皇后和太子，为朝廷埋下不安定的因素。匡衡对此很是焦虑，遂上书元帝，提出应该弘扬先帝的功德，尊重祖宗之法，不能以私恩害大义，以免祸乱国家。

匡衡每次劝说皇帝，都善于引经据典，用儒家思想证明政策的合理性，因此很受元帝的赏识，很快就升迁为光禄勋、御史大夫，后来又做了丞相，封乐安侯。

元帝后期时，宦官石显为中书令。他结党营私，把持朝政，怂恿元帝加重赋役，剥削人民。因有皇帝的宠幸，没人敢触犯他。成帝即位后，匡衡便上疏弹劾石显，列举其所犯罪恶，并纠举他的党羽。这是匡衡所做的最后一件铲除奸佞、为汉朝廷尽忠的事情。建始三年（前30），匡衡被人以侵吞百姓土地的罪名弹劾，最终被贬为庶民，返回故里。没几年，他病死于家乡。匡衡的墓在峄城西南，墓南原有匡衡祠，于清乾隆四十年（1775）重建。但历经沧桑，现在已经不存在了，仅留下墓碑一座，上有乾隆年间峄县县令张玉树亲题"汉丞相乐安侯匡衡之墓"。

枣庄盛产石榴，据说当地石榴正是匡衡从皇家园林上林苑中引种回家乡的。冠世榴园中有一棵石榴传说就是匡衡手植的。

9. 王良

夫人拾柴的清廉高官

中国历代正史中大都设有《良吏传》或《循吏传》，里面的人物大都以廉洁著称。王良就是历史上以清廉闻名的代表人物。

王良字仲子，东海郡兰陵（今枣庄市一带）人。王良年少时酷好读书，尤其精通《小夏侯尚书》，是古文尚书学派的著名学者。王莽代汉建立新朝后，仰慕其才华，多次遣人征召王良入朝做官。但王良都称病不就，拒绝入仕新朝，不与王莽合作。他在故乡广收弟子，讲授儒家经典。

东汉建立后，光武帝广揽人才。建武二年（26），光武帝令大司马吴汉征召王良，王良仍然没有入朝。第二年，王良才应征入朝，被授予谏议大夫。王良多次向皇帝进谏，提出许多有价值的建议。他为人举止合乎礼仪，得到了朝廷官员的敬重。后来王良改任沛郡太守，但他不愿在地方为官，故到了蕲县后，上书称病不入府衙，他的下属也都追随着他。王良再次上书称病重，要求辞职，朝廷就改任他为太中大夫。

建武六年（30），王良代替宣秉任大司徒司直。他在任上忠于职守，生活俭朴。妻子儿女从不进入官舍，长期居住在兰陵故乡，终年在田间耕作，穿粗布衣服，用的器皿都是粗制的瓦器。有一次，司徒史鲍恢到东海办事，路过兰陵时想起这是王良的家乡，就特意去拜访。王良的妻子恰巧穿着布裙拖着柴草，从田里回来。鲍恢以为是王家的女仆，就对她说："我是司徒史，特意来捎带书信，想要见你家夫人。"王良的妻子告诉他自己就是，并说家里没有事情，不麻烦他捎带书信了。鲍恢怎么也想不到大司徒司直的家庭如此寒苦，非常感慨。鲍恢回京后，就把这件事传播开来，听闻者没有一个不称赞王良廉洁自律的。

不久，王良因病回乡调理身体。一年后，他又被征召，但行至荥阳时身体实在无法支撑，不能继续前进，就想去一位朋友家进行短暂的调养。友人不仅不肯见他，而且责备他："不是有忠言奇谋而取大位吗，为什么还往来奔波，不怕麻烦呢？"他对王良往返奔波、谋取高位的行为不以为然。王良听到朋友的指责也很惭愧，立即返回故乡，从此不再入仕，面对朝廷的屡次征召，总是称病不出。后人对这位友人很是赞赏，称他为"东海隐者"。但王良最终的急流勇退也同样值得肯定。后来光武帝驾幸兰陵，派遣使者询问王良的病情，王良已不能说话。光武帝遂诏令免除王良的子孙在乡邑中的劳役。后来，王良以布衣终老故乡。

著名史学家范晔评论道："有的人利用仁义来获取好处，有的人是发自内心地追求大义。所以，同样是履行仁义的行为，表现也都一样，但探究他们的本心，却有真伪之分。王良身处高位，俸禄优厚，他的妻子却亲挑柴薪。当时的人都称赞他的清廉，皇帝也钦佩他的气节，这都是因为王良是真正的清廉，而不是伪饰。"

10. 李子通

性好施惠的农民起义将领

隋朝末年，天下大乱，农民起义风起云涌。比较著名的农民起义军有窦建德的河北起义军，翟让、李密的瓦岗起义军等。一些权贵阶层也乘势而起，逐鹿中原。李渊起兵太原，王世充屯兵洛阳，其他小股起义军和割据势力更是多如牛毛，宛如走马灯一般倏兴倏败。而其中一支起义军因其首领李子通的个人魅力而别具光彩。

李子通（？—622），隋末东海郡丞县（今枣庄市峄城区）人，出生于世代务农的贫苦家庭。尽管家境贫寒，但李子通心地善良，乡亲们遇到难处时总是尽力施以援手，所以家里没有一点积蓄。他看见年老体弱者负重劳作，经常主动上前帮忙。李子通生性豪爽，恩怨分明，富有同情心和正义感，遇见土豪恶霸欺压穷人，定会挺身而出打抱不平。艰难困苦的生活磨炼了他的意志，也造就了他敢于反抗的性格。

隋炀帝在位期间，好大喜功，穷兵黩武，农民生活如滚油锅，阶级矛盾日益激化。大业七年（611），隋炀帝准备征伐高丽，将山东作为壮丁、役夫、军饷、马匹、牛车的主要征集地之一，对此民众不堪重负。加上洪水暴发、官吏搜刮、田荒乏粮，民众更是无法生存，于是纷纷揭竿而起，其中以王薄、左才相领导的长白山起义最为活跃，队伍达数万人。义军四处出击，声势大振。李子通闻讯，率领家乡的穷苦弟兄毅然投奔了长白山起义军，因作战勇敢，被左才相所器重。当时义军队伍良莠不齐，滥杀滥抢现象时有发生。但李子通大行仁恕之道，待部下宽厚仁慈，所以百姓都乐意投奔到他的帐下。不到半年，他的队伍就发展到一万多人，成为一股不可轻视的武装力量。大业九年（613），义军主帅王薄率兵南下攻打鲁郡（今兖州市），李子通表现英勇。此后他又随左才相再次南下，义军一路势如破竹，最后攻破丞县县城。丞县是李子通的家乡，入城后他开仓赈济，惩治为富不仁的土豪恶霸，深受家乡父老爱戴。李子通不但作战勇敢，号令严明，还特别爱护士兵，在军中威信日益提高，前来投奔的人也越来越多。这一切引起了左才相的猜忌和不安。为了避免双方发生内讧，李子通决定南下江淮发展。

在江淮战场上，李子通与隋军多次交战，被隋击败后，他率余部撤退到海陵，重整旗鼓，又拥有了数万兵力，自称将军。大业十一年（615），李子通一举攻陷江淮重镇江都，随即在江都称帝，国号吴，并设立一应衙署职官。不久，占据丹阳的农民武装乐伯通率众万余归附，李子通声势大振。经过筹划准备后，他发兵进击盘踞在太湖附近的沈法兴，先后占领京口、丹阳、毗陵、晋陵等地。江南各郡县大都归入李子通势力范围，他的吴国盛极一时。

隋王朝土崩瓦解后，反复无常的杜伏威归降了唐朝。当时李子通驻扎溧水附近，杜伏威部将率精兵夜袭营地，趁风纵火。李子通惨败后，东走太湖。随后他又重整旗鼓，彻底击败沈法兴，移都余杭，势力复振，占据长江东南大部。武德四年（621），李子通又与杜伏威的军队大战于苏州，失利后退守余杭，终战败被擒，被押送到京师长安。唐高祖并没有降罪，还赏他良田美宅，但自视甚高的李子通不甘心于寄人篱下。武德五年（622），李子通与部将乐伯通伺机脱逃，打算重归江浙召集旧部以图东山再起，不料在蓝田关被唐兵捕获，随即遭到杀害。

11. 李稷

孝友勤廉，一代名卿

中国历代王朝能臣良将数不胜数，但在正史中被誉为"名卿"者却寥若晨星。二十四史之《元史》就称赞李稷身居高官二十余年，却没有留下任何污点，实为一代名卿。

李稷（1304—1364），字孟豳，滕州人。李稷出生于六世官宦之家。祖父李克忠，官至同知吉州路总管府事，进阶中顺大夫。李克忠还曾奉元世祖忽必烈之命三次出使安南，圆满完成使命。父亲李希颜曾任袁州路知事，官终太常太乐署令。

李稷自小就聪明颖慧，八岁时便能记诵经史，被人们誉为神童。跟随父亲在袁州（今江西宜春市）为官期间，李稷先后拜当地知名学者夏镇、方回孙学习《春秋》，所学能够兼具二者之长。泰定帝泰定四年（1327），二十四岁的李稷考中进士，被任命为淇州（今河南淇县）判官。淇州处于要冲之地，事务繁杂，李稷都能处理得井井有条。他在任期间，淇州发生了罕见的饥荒，他及时报告朝廷抓紧赈灾，使淇州百姓渡过了难关。李稷此后调任海陵（今泰州市海陵区）县丞，政绩依然突出。任满后入京，在翰林国史院任编修官，不久提升为御史台照磨（监察机构中负责审计）。

元顺帝至正年间，李稷在御史台任监察御史。他不畏权贵，多次上章言事。宦官高龙卜身为徽政院使，仗恃皇帝恩宠擅作威福，勾结权臣，干扰朝政。李稷认为其所作所为动摇了国家根基，应予以严惩，以正刑典，于是毅然上书弹劾，结果高龙卜受到查办。京城大承天护圣寺失火，元顺帝下旨重建。该寺为皇家寺院，规模恢宏，神御殿供奉有元文宗和昭献元圣皇后御容。李稷认为，当前水旱频仍，国困民穷，不应该再大兴土木。上奏之后，此事便搁置起来。

由于李稷在御史台恪尽职守，朝廷提升他为中书省左司都事，此后又经过四次提拔，升任户部尚书。至正十一年（1351），朝中一班大臣打算在中原按田亩面积征收赋税。当时民族矛盾已日益激化，颍上（在安徽阜阳境内）率先爆发了红巾军起义。李稷洞察到其中危机，立即面见丞相脱脱，申明利害关系。他认为如今中原不稳定，如果再增加赋税，肯定会引起更大的动荡。丞相脱脱认为言之有理，遂作罢。

至正十二年（1352），江淮一带农民起义已成燎原之势，处于淮北重地的徐州被红巾军占领，李稷随同丞相脱脱前去镇压。战事平息后，他告假回到家乡滕州，购置茔地，将曾祖父以下十七位亲人迁葬一处。朝廷亲赐墓碑，大学者许有壬撰写墓志。回京后，李稷先后就任詹事丞、侍御史、参知政事，已经是副丞相的高位了。

至正十九年（1359），因母亲去世，李稷辞官回乡守孝。乡居期间，朝廷曾两次召他就任陕西行省左丞和枢密院副使。当时各地农民起义如火如荼，元王朝大厦将倾，李稷以守制尚未期满推辞。刚刚脱孝，朝廷便任命他出任大都路总管兼大兴府尹。至正二十四年（1364），李稷又出任山东廉访使，握有纠劾地方各级官员的大权。当时元朝统治已气息奄奄，纵使用尽浑身解数，也挽救不了覆亡命运。由于心力交瘁，积劳成疾，李稷请求退休，刚返回京城寓所便与世长辞。朝廷赠授他为推忠赞理正宪功臣、集贤大学士、荣禄大夫、柱国，追封齐国公，谥文穆。不久，元王朝便在农民起义的洪流中土崩瓦解。

李稷为人以孝为先、廉洁自律，对家族管理严格，尤其注重乡邻情谊。他与人交往诚信坦荡，对朋友更是肝胆相照。中丞任择善、陈思谦去世后，李稷亲自抚养他们的遗孤。李稷死后，家人将其埋葬在城西北隅一里许的地方，滕州乡民还为其立了状元坊。

12. 贾三近

泰山乔岳，文润桑梓

贾三近（1534—1592），峄县贾家楼人，字德修，号石葵，别号石屋山人、兰陵散客。祖父贾宗鲁在南阳任县学教授，父亲贾梦龙为知名学者，曾以贡生身份在河北内丘县任训导。贾三近自幼便受到祖父和父亲严格的家学教育，嘉靖三十七年（1558）乡试中举，隆庆二年（1568）会试中进士。已是中年的贾三近相当兴奋，写出诗作《赴琼林宴有感》表达自己的豪迈之情："十年辛苦对青灯，豪气养成万丈虹。笔架山头腾彩凤，砚池波内起文龙。"他以博学宏词选为翰林院庶吉士，隆庆四年（1570），授吏科给事中，开始了宦海生涯。

在谏官任上，贾三近不依附权贵，不畏强权，针对朝廷大臣的不法行为以及社会弊端，多次上疏。当时人称他为"如泰山乔岳，不为私用"，赞扬他如泰山一般正直无私。他上疏朝廷道，当时民众已经因为赋税的繁重陷入贫苦之中，地方官员不宜再施以严刑酷法。明穆宗接受了他的建议。不久后，他又抨击官吏选拔的弊端，认为当今选官只重视进士出身之人，讲究资历，轻视举人，但举人中也有真才实学之人。他的建议也被朝廷接纳。由于他敢于直言，且建议精当，隆庆四年十月，他升迁为兵科给事中，一个月后又被提拔为户科左给事中。隆庆五年（1571），贵阳土司安氏内部发生械斗仇杀，朝廷派遣贾三近去处理这一棘手事件。行至半路，安氏闻听朝廷如此重视并派大臣前来处理，就主动息事宁人。贾三近为照顾父亲，趁机告假，回到峄县老家陪侍贾梦龙安享天伦之乐。一年后，朝廷又将他征召入朝，提拔为户科都给事中。当年六月，明穆宗病死，神宗即位，张居正实际上掌握了朝廷的大权。十二月，贾三近上疏，指出地方官员追索百姓所欠赋税时有层层盘剥的现象，导致民不聊生，应派遣官员调查此事。提督漕运陈王谟因罪被革除职务，但他通过权贵关系又被任命为湖广总兵。贾三近不畏权势，上疏弹劾，迫使朝廷罢免了陈王谟的职务。当时漕粮北运采用海运的方式，导致损失惨重。生长在运河附近的贾三近了解海运与漕运的利弊，上疏建议停止海运，户部接受了他的建议。

万历三年（1575）二月，贾三近升任太常寺少卿，结束了谏官生涯。万历六年（1578）八月，又升为大理寺左少卿。万历八年（1580）二月，升南京光禄寺卿，贾三近遂至南京上任，路过家乡时回家探亲，未及上任又改为光禄寺卿。但贾三近对于张居正专权不满，不肯回京，就再次请假居家奉养父母。当时峄县知县王希曾正奉命修《峄县志》，于是就把这一重任委托给了贾三近。峄县以往从未修志，没有任何可以借鉴的版本

石屋山泉，位于枣庄市峰城区榴园镇，石壁上有贾三近题刻

和资料。但出于对故土文脉的珍爱，贾三近毅然承担重任，翻阅古籍，广泛搜求碑刻志铭，用了一年的时间撰成《峄县志》七篇，后世屡次修志无不以此书为典范。

万历十年（1582），张居正病故，神宗亲政。孙继先、周邦杰等上疏，认为贾三近品质高尚、才华出众，要求朝廷召回任职。万历十二年（1584）三月，神宗再次任命贾三近为光禄寺卿。八月，提拔他为都察院右佥都御史，巡抚保定等府。在巡抚任上，贾三近宣布科条律法，严格约束官吏，加强边防守备。保定等地遭遇旱灾，他又带领官员积极赈灾，同时上疏朝廷开仓放粮救济百姓，设粥厂一千多个，救活百姓不计其数。万历十五年（1587），三年巡抚期满，朝廷又任命他为大理寺卿，他成为位高权重的九卿之一。但贾三近对于官位毫无留恋之意，再次请假告归，侍奉父母。万历二十年（1592），宁夏副总兵哮拜反叛。朝廷又想起赋闲家居的贾三近，任命他为兵部右侍郎赴宁夏平叛。但贾三近已经身染重病，无法成行，当年七月病故于家中。

13. 王鼎铭

忠廉之名扬天下

2013年，枣庄市市中区西王庄镇的一处墓园被列为山东省第四批省级文物保护单位。墓主人是清代以忠烈著称、以身殉国的湖南新田知县王鼎铭，其事迹被载入《清史稿·忠义传》。

王鼎铭（1772—1832），字新之，山东峄县人。家境富裕，父亲王鸿基为监生。王鼎铭为廪贡生出身，捐资为内阁中书。道光九年（1829），被任命为湖南新田知县。

王鼎铭为官廉洁自律，心系百姓，甚至不惜变卖家产造福一方。赴新田时，为不惊扰百姓，他从桂阳州微服出发到县城，夜里住在城隍庙里，并对神像发誓："您治理阴间事，我治理阳间事。如果我不称职，您可以杀掉我。"表达了一心为民、造福一方的决心。王鼎铭在新田县衙房屋旁搭建了一个窝棚，和仆人住在里面，县吏等不许入内，百姓鸣冤叫屈时却总是赶忙请进来。他事必躬亲，凡事都规定时限，累了就趴在案子上稍事休息。外出查访时，他总是根据路程带够自己和随从的干粮，即使购物也按照市场价格，从不接受百姓的馈赠。王鼎铭还翻修学堂，鼓励当地人读书。县试录取过程中，他秉公办事，执法严明，当地士人都佩服。百姓感激他的善政，打算将民间歌颂他的歌谣刻板印刷出来，广为传颂，他坚决阻止。

道光十二年（1832）正月，由于社会矛盾的激化，湖南爆发了以赵金龙为首的瑶民叛乱。正在省城处理政务的王鼎铭急忙赶回新田，顶风冒雪，亲赴瑶民聚居地进行安抚，稳定民心。回县衙后又召集瑶民首领赏赐酒食，晓以利害，让他们不要受蛊惑。同时他又号召当地士绅组织乡勇，修造器械，做好守城准备。二月二十三日，有消息说乱军很快抵达县城。王鼎铭就下令百姓出城躲避，自己穿上官服端坐大堂。王鼎铭视死如归，决心用自己的生命换取一城平安。这时，宁远、桂阳州等地的百姓纷纷赶来施以援手，新田百姓士气大振。

二月二十四日，王鼎铭闻听乱军距离县城只有十五里，就身先士卒，率领乡勇武装直冲过去。丝毫没有防备的乱军被打了个措手不及，很快逃散。次日，乱军大部队抵达，王鼎铭又率领乡勇进击。身边人苦劝他不要以身涉险，他断然拒绝，毅然出发。但乱军训练有素，久经征战，使用大炮猛烈轰击。乡勇们大都没有经过训练，见此阵势，很快溃散。王鼎铭赶紧让民众撤退，自己亲自殿后。乱军趁机屠杀，王鼎铭环顾惨状，悲痛不已，不幸被炮击中落马。乱军挖去他的双目，割去他头颅，随意抛弃在不同地方。三十日，乱军逃遁，乡民在窝塘找到他的头颅，在牯牛冈找到他的尸体，抬到城隍庙，缝合起来，焚香拜哭。九十二天后，他的门客王士宾赶来将其入殓。入殓后，他的灵枢被带回家乡安葬，一代忠烈魂归故里。

王鼎铭虽然是清朝的官员，但他以身殉国的气概、爱民如子的为官之道、廉洁自律的高尚情操，至今依然为后人所敬仰。

14. 张莲芬

用"西法"采煤的矿企创始人

浙江余杭苕溪村张氏祠堂陈列馆的正中悬挂着一副对联，由著名文史专家叶华醒书写："筑垒屯兵功在卫国御外侮，治河建矿泽留与邦惠民生。"对联写的是近代著名洋务派人物张莲芬。作为峄县中兴煤矿公司的创始人，张莲芬的命运与枣庄煤矿，与中国近代民族煤矿业以及中国的近代化事业紧紧联系在一起。

张莲芬（1851—1915），字毓菉，浙江余杭人。张莲芬生活在一个风雨飘摇的时代，出生那年，太平天国运动爆发了。后来太平军进攻余杭，他母亲在战乱中不幸去世，九岁的张莲芬流落到江苏。但幸运的是，著名的淮军将领周盛传收他为养子，耐心教导。进入仕途后，他历任直隶候补道、永定河道、天津道、山东兖沂曹济道兼运河道、山东盐运使等职。光绪十八年（1892），因在治理永定河水患中有功，被朝廷赏赐二品衔。光绪二十六年（1900），参与安抚天津地区的义和团，修筑工事抵御外侮。光绪三十四年（1908），因"办事实心，力顾大局"，被赏头品顶戴，备极尊荣。而张莲芬最为重要的人生经历，则是一手创办了中国第一个民族煤矿企业中兴煤矿公司。

枣庄煤田的开采，历史悠久。晚清洋务运动兴起后，洋务派于光绪四年（1878）在枣庄地区兴办峄县中兴矿局，张莲芬曾筹资入股。由于经营不善以及内部矛盾，光绪二十二年（1896），中兴矿局停办。光绪二十四年（1898），为避免德国抢占枣庄煤炭资源，张莲芬与德商组建了德华中兴煤矿有限公司，张莲芬任华总办。光绪三十四年（1908），张莲芬等筹资赎回了德股，使公司完全由华资经营，改名为商办山东峄县中兴煤矿有限公司，张莲芬任总理。中兴煤矿公司成为中国近代史上第一家民族煤矿企业。

中兴公司创办后，张莲芬将主要精力投入公司的经营。他大力购置西方采煤设备，重用外国煤矿技师，全部采用近代化的技术和生产管理方式，中兴公司成为当时著名的近代化企业。张莲芬利用淮军以及自己在朝廷中的影响力，采取各种手段，为中兴公司争取优惠待遇。为了保证煤炭开采和销售，张莲芬申请清廷批准划定矿界，规定中兴公司矿界十里之内不得以土法开窑，百里内不得用近代工业设备开矿。他又利用这条模糊规定，申请朝廷同意十里之内不准私开煤矿；十里之外的煤矿方圆不能超过二十里，并且只能开挖一处，如果停挖半年，就必须放弃煤矿。这个规定遭到了枣庄地方煤矿主的强烈反对，双方诉讼数年。依靠张莲芬的政治影响力，中兴公司最终取得了胜利。为了更好地将煤炭运往全国，张莲芬又主持修建了台枣铁路和临枣铁路，从而使枣庄的煤炭北上天津，南至浦口，畅销全国沿海地区，占领了长江中下游的市场。

经张莲芬苦心经营，中兴公司的发展十分迅猛。1914年，煤炭产量达到了24.8万吨。1913年至1914年，煤炭销售60余万吨，利润达到了41.3万元。股东的投资热情高涨，公司股金也猛增到216万元。但很不幸的是，1915年2月，由于德国矿师高夫曼的失误，公司的南大井发生了严重的透水和瓦斯爆炸事故，499名矿工遇难。这次矿难，几乎给中兴公司带来灭顶之灾，公司命运岌岌可危。张莲芬忧心忡忡，想尽一切办法扭转局势。他一边抚恤死难者，一边组织生产自救，最终积劳成疾，于1915年12月1日在忧愤不甘中去世。

张莲芬

15. 郭子化

悬壶济乱世，发展党组织

郭子化是我党在枣庄开展党组织活动较早的创始人之一，他为枣庄地区早期中国共产党组织的恢复、发展做出了杰出的贡献。郭子化的传奇人生经历是无数共产党人伟大事迹的缩影，其彰显的爱国主义精神、革命斗争精神、自强不息精神是中华民族宝贵的精神财富。

郭子化（1896—1975），名邦清，字子化。郭子化的父母都是目不识丁的普通农民，虽家境贫寒，仍然省吃俭用供他读书。生活于民族危难之际，青年时期的郭子化就表现出爱国主义品质和英勇斗争精神。五四运动时期，就读于省立第七师范学校的郭子化成为徐州地区著名的学生领袖。1926年，郭子化加入了北伐军，同年10月加入中国共产党。"四一二反革命政变"后，他转入地下斗争，先后化名葛洁元、庞沛霖、周尚德等，在苏鲁豫皖四省边区进行恢复、发展党组织的活动。

1928年后，枣庄陷入了白色恐怖之中，工人运动暂时失去了党的领导。1931年，徐州特委认为郭子化具有丰富的地下斗争经验，又懂得中医药理，派他前往鲁南恢复、重建党组织。

接受任务后，郭子化化名庞沛霖，装扮成江湖郎中，于1932年10月离开徐州，前往枣庄。在枣庄民众的帮助下，郭子化在枣庄老街西门外鸡市租赁了两间旧草房，开办了同春堂药店，并以此为掩护，开始恢复和发展鲁南地区党组织的工作。

身为救死扶伤的大夫，对于生活困难、无法就医的工人、农民，他常常免费医治，受到枣庄当地人的拥戴。不到两个月，他便在工人中间培养了一批骨干。1933年"五一"国际劳动节前后，为鼓舞工人争取权益，提高工人的思想觉悟，郭子化决定发动矿区工人罢工。他采取了公开与秘密相结合、灵活机动的斗争策略，让党内同志尽可能隐蔽，让有威望的工人代表出面同资本家交涉。由于采取了正确的斗争方法，罢工最终取得胜利，推动了党组织工作的迅速开展。

1933年8月，徐州特委遭到严重破坏，郭子化与上级党组织失去了联系。在极其困难的条件下，郭子化顶着巨大的压力，独立地、创造性地开展工作，在鲁南的峄县、滕县、费县、临沂等县先后建立了党的组织，而后又与苏北的丰县、沛县、铜山、萧县，河南的永城，以及安徽的宿县等地的党组织取得联系，使党的组织得到恢复和发展。1935年2月，郭子化在枣庄召开各地党组织负责人会议，总结了"左"倾冒险暴动失败的教训，提出蓄积力量以待时机的策略，强调领导骨干与党内成员注意隐蔽，斗争方式要灵活多样。会议决定，在枣庄建立中共苏鲁边区临时特委，郭子化任书记。特委成立后，郭子化认为枣庄地区敌人统治力较强，党组织随时有遭受破坏的风险，要坚持长期斗争，必须选择敌人统治力量薄弱的地区建立根据地。随后，郭子化选定抱犊崮山区作为革命斗争的基地。他先后派人前往开展党组织建设工作，为此后特委转移至抱犊崮山区打下了良好的基础。以上决策的提出和执行，大都和中央当时的方针政策不谋而合，充分体现了郭子化的远见卓识和领导能力。

1936年9月，郭子化前往西安，和上级党组织取得了联系。返回后，他召开特委会议，传达党中央的政策，将中共苏鲁边区临时特委改名为中共苏鲁豫皖边区临时特别委员会。西安事变后，中央正式批准成立中共苏鲁豫皖边区特委，并划归即将成立的中共河南省委领导。苏鲁豫皖边区特委的党员约占即将成立的河南省委党员总数的三分之二。在当时白区党组织遭严重破坏的情况下，郭子化以顽强的革命精神和灵活的斗争方式，使他领导下的苏鲁豫皖边区特委不仅能够有效运行，而且不断发展壮大，成为华中和华东的一面旗帜。此后不久，中央根据形势的变化，撤销了苏鲁豫皖边区特委。苏鲁豫皖边区特委光荣地完成了使命，而郭子化多年来的辛勤工作已为苏鲁豫抗日根据地、鲁南抗日根据地和苏皖抗日根据地打下了坚实的基础。

抗日战争全面爆发后，郭子化积极与李宗仁所辖的第五战区开展统战工作，建立抗日民族统一战线，组织抗日武装力量，创建苏皖、鲁南、苏鲁豫等抗日根据地。解放战争时期，郭子化担任中共华东中央局委员兼秘书长、山东支前委员会主任，又为支援鲁南、莱芜、孟良崮、济南、淮海诸战役做出了巨大贡献。新中国成立后，郭子化任中共中央山东分局委员、山东省政府副主席和代理主席，主持山东省政府的工作，为恢复、发展各行各业的生产，

郭子化

建设新山东而鞠躬尽瘁。1952 年 3 月，他调任至中央卫生部担任副部长，管理中医工作。此时的郭子化已年近花甲，仍然战斗在卫生一线，为繁荣和发展中医事业贡献光和热，被称为"新中国中医工作的奠基人"。

16. 朱道南

投身革命，大浪淘沙

1965 年，珠江电影制片厂拍摄了一部革命历史题材的电影《大浪淘沙》，影片在 1977 年正式上映后，立刻引起了极大的社会反响。影片以第一次国内革命战争时期，四个青年知识分子在革命道路上思想发生分化最终走上不同道路为线索，真实反映了当时中国社会风云变幻、革命斗争惨烈悲壮的历史画面。这部电影改编自朱道南的回忆录《在大革命的洪流中》，主人公之一顾达明的原型就是朱道南本人。

朱道南（1902—1985），原名朱本邵，枣庄市薛城区张范乡北圩村人。他四岁丧父，家境贫寒，在舅父和小学教员张捷三等人的帮助下读完小学。他酷爱阅读侠义小说，幼小的心灵里已经种下了同情穷人、痛恨剥削者、主张正义的种子。1922 年，他考入济南师范讲习所，1924 年又考入山东省立第一师范学校。在第一师范，他接触到了进步学生和革命思潮，经常参加共青团的活动，进一步坚定了革命思想。1926 年，他从济南奔向当时的革命大本营武汉，考取中央军事政治学校。1927 年 2 月，又考入湖南长沙黄埔第三分校。3 月，朱道南光荣地加入了中国共产党，从此为党的事业奋斗终生。5 月 21 日，反动军官许克祥发动了马日事变，公开与共产党决裂。朱道南赶回武汉，向恽代英汇报了详细情况，并回到了中央军事政治学校。7 月，中央军事政治学校的学生被编入由叶剑英任总参谋长的第二方面军军官教导团。同年 11 月，朱道南等跟随军队到达广州，参加了广州起义。起义失败后，朱道南与幸存的战士们追赶上部队，被编入了中国工农红军第四师，任第十团排长，活跃在海陆丰地区。1928 年，国民党出动优势兵力"围剿"第四师。第四师浴血奋战，终寡不敌众，队伍被打散，只好化整为零，进行游击战。朱道南多处负伤，并患了疟疾，在丛林里昼伏夜出，过了半年多野人般的生活。后来，他被民团抓获，因没有暴露身份，敌人最终把他释放。但他与党组织失去了联系，只好回到了家乡。但他心中的革命之火没有熄灭，一遇到时机，必将成为熊熊烈火。

回到家乡后，朱道南先是在峄县齐村教书，1932 年秋担任了峄县教育局教育委员，利用自己的身份积极宣传革命思想，发展有生力量，为革命做了前期的思想准备工作。1937 年，他组织成立了抗日联庄会。当时，峄县邹坞乡农学校校长王效卿欺压百姓，无恶不作，朱道南决定利用自己掌握的武装处决王效卿。当年秋天的一个下午，朱道南率领联庄会武装发动了暴动，杀死了王效卿，解除了乡农学校的武装。反动当局对暴动非常惊恐，陆续解散了各地乡农学校。暴动也引起了中共地下党组织的注意，鲁南中心县委派人与朱道南建立了联系，恢复了他的党组织关系。朱道南从此又回到了党组织的怀抱。

朱道南

日军侵入鲁南后，朱道南在党的领导下，组织峄县人民抗日义勇大队，与日军展开英勇的斗争。1939 年秋，八路军一一五师抵达枣庄抱犊崮山区，建立起鲁南抗日根据地，并决定整合峄县一带的众多地方抗日武装。朱道南接受了党的任务，四处奔走，积极说服那些武装力量，并最终建立起一一五师运河支队，孙伯龙任支队长，朱道南任政委，邵剑秋任副支队长。运河支队在运河两岸与日军展开激战，开创了运河地区抗日斗争的新局面。罗荣桓曾说运河支队是"敢在鬼子头上跳舞"的部队。1940 年 11 月，运河支队在进入抱犊崮山区休整后，进行了领导的调整，朱道南出任峄县抗日民主政府县长。1942 年秋，朱道南去山东分局高级党校学习。1943 年，又任鲁南专署秘书处处长。

新中国成立后，朱道南历任山东省办公厅行政处处长、省干校党委书记、省办公厅副厅长、上海市房地产管理局党委书记兼副局长等职，1985 年病逝。朱道南一生矢志不渝，忠诚于党的事业，从不在意职务高低和个人利益，不计个人得失，始终服从党的指挥，表现出不怕牺牲的革命精神、虚怀若谷的党员情操。

二

典故逸闻

1. 奚仲造车

改变了运输方式的创造

德国斯图加特奔驰公司总部修建的车史展览馆内，展示了世界汽车发展的历史。令人意想不到的是，这个展馆内竟然陈列着一个四千年前的中国人的画像，他的名字叫奚仲。奚仲对于车辆做出了什么贡献，竟然能引起世界著名汽车公司的注意？

奚仲是薛国始祖，也是任姓、奚姓和薛姓的先祖，夏禹时期人。他潜心总结前人经验，在奚公山（今枣庄市薛城区境内）下发明了最早的陆路交通工具——马车。因造车有功，奚仲被夏禹任为"车正"（掌管车服的主官），成为中国造车鼻祖和历代崇奉的车神。

传说奚仲居薛期间，因观察纺线的陶轮和田野中被风吹动的转蓬而受到启发，发明了车轮。奚仲造车虽然是古代传说，但在《左传》《管子》《尸子》《墨子》《荀子》《世本》《山海经》《吕氏春秋》等先秦众多的古籍中都有记载，显然并非凭空臆造。当然，马车发明有个过程，是由许多人长期探索的结果。奚仲的功绩在于潜心总结以往的经验和成果，对车辆进行了创造性的改造，使车子的结构更科学、更合理、更实用，从而成为马车公认的发明者。

近年的考古发掘表明，有关奚仲造车的记载并不完全是传说。滕州前掌大遗址薛国墓地出土了商周之际的随葬车马和青铜车马器，为研究当时马车结构和配件组装提供了实物资料。马车由双轮独辕、一衡双轭、栏式车舆等主要部件构成。长轴贯穿车舆底部，与两侧的车轮相连，書套在轴两端辖制车轮。车辕位于车子中部，衡的下边与轴连接，上面承托车舆。辕木为商周时期最为流行的单杠，从车厢下伸出并且上翘。马车制作十分复杂，集铸铜、木工、皮革等技术于一体。此外，还要掌握一定的机械原理和专门知识。前掌大遗址墓地出土的马车配套完整，规格齐全，铸造精良，卯榫复杂，木工技术十分高超，已达到当时最高工艺水平。马车制造从研发到成熟有一个摸索、改进和经验积累的过程，自从奚仲在薛地发明了第一辆马车，其后裔积累经验，不断创新，造车技术和工艺水平进一步提升。古薛大地不但驶出了华夏第一辆马车，而且是当时车辆制造业中心。

马车的发明，是人类对马力利用的一个具有划时代意义的进步。以马力代替人力，大大解放了生产力。马车的出现，促进了道路建设，增强了人们的地域拓展能力，加快了信息传递，方便了交通运输，对于其后兴起的大一统王朝具有重要意义。马车的发明对世界交通工具的演变、人类文明的推进也具有深远的影响，这也许就是奔驰汽车展览馆展出奚仲画像的原因。

枣庄市薛城区北部有座低矮小山，状如绣球，这就是许多古籍记载的奚公山，此山因山上有奚仲墓和奚仲祠而得名。奚公山顶一左一右有两个封土堆，偏东北处为奚仲墓，靠西南是冉求墓，两墓相距很近。冉求是孔子七十二弟子之一，据说其

中华车祖苑

故里就在奚公山下庵上村。奚仲墓前树有石碑，镌刻"夏车正
奚仲墓"六字。奚仲祠坐落在奚公山南麓，因奚仲曾任职夏禹
朝车服大夫，所以祠庙名为"车服祠"。这处祠庙历史悠久，
经过历代修葺和重建，愈发壮观。

奚仲为人类交通运输的发展做出了突出贡献，后世依然在
怀念他，敬仰他。

2. 毛遂自荐

勇于展示才干的典范

毛遂，战国后期薛（今枣庄市滕州东南）人。他作为赵国
平原君的门客，三年都没有崭露锋芒。但在秦国大军进攻赵国，
赵国生死存亡之际，他脱颖而出，自荐跟随平原君出使楚国，

促成楚赵结盟，解除了赵国之围，被平原君称赞为"三寸之舌，强于百万之师"。

毛遂生活的时代已是战国末期，秦国对六国的兼并战争长年不断。长平之战，秦军坑杀赵国精锐部队四十余万人，趁机包围赵国首都邯郸。赵国形势岌岌可危，不得不向当时六国中最强大的楚国请求结盟。当时赵国的宰相平原君赵胜是著名的政治家，素以善于养士而闻名，门客一度多达数千人。他和齐国孟尝君、魏国信陵君、楚国春申君合称为"战国四公子"。他义无反顾地承担起这个极其艰难的出使任务，决定从门客中挑选二十人一起前往。他本来认为门下宾客人才济济，但选来选去，只选出十九人。毛遂听说后，自荐与平原君同往。平原君问他到自己门下的时间，毛遂回答说已经整整三年了。平原君说："人才就像锐利的锥子，放在布袋里，自然能够露出尖来。你既然三年都默默无闻，可见并无出众的才能。"毛遂当即回答："我今天就是希望您把我放到布袋里去，看我能不能崭露锋芒。"平原君被其说服，于是率毛遂等二十人前往楚国。毛遂依靠自己出色的辩才、机敏的应对，获得了出使楚国、展现才华的机会。

平原君一行抵达楚国后，与楚考烈王谈判，并一再申明结盟的利害关系。但此事关乎楚国安危，楚国并不想为了赵国得罪强大的秦国。平原君谈了整整一个上午，都没有取得进展。毛遂见谈判迟迟未决，即手握剑柄登阶而上，问平原君："结盟的利害关系，几句话就可以说明白，为什么迟迟不能达成协议呢？"楚王看他仅是平原君的门客，很是恼火，呵斥其退下。

不料毛遂不但没有退缩，反而握紧剑柄逼到楚王面前，大义凛然地说道："您之所以敢于呵斥我，靠的不就是楚国军队吗？但现在我们俩距离不过十步，您无法依靠您的军队了。您的性命掌握在我的手里。古代圣君商汤、周文王都是以小国起家，靠的不是士卒众多，而是贤德。当年秦国攻打楚国，占领了你们的首都，焚毁了你们的宗庙，这是不共戴天的仇恨啊。现在楚国地方五千，雄师百万，却不能为祖先报仇雪恨吗？楚赵结盟是为你们，而不是为了赵国啊！"

楚王不仅被毛遂的气势所震慑，还被他雄辩的口才、一针见血的分析折服，当即决定签订盟约。毛遂立刻招呼楚王左右人员，让他们准备鸡、狗和马血，要求楚王歃血为盟。赵国与楚国最终签订盟约，几乎全靠毛遂在关键时刻的勇气、机智和辩才。平原君回国后一再赞叹毛遂的才能，称赞毛遂一到楚国就使赵国身价重于九鼎，三寸之舌强于百万之师。从此，平原君对毛遂另眼相看，将他奉为最尊贵的上宾对待。"脱颖而出""毛遂自荐"也成为千古流传的佳话。

毛遂死后魂归故里，被葬在了故土薛。其墓地原位于薛国故城北城墙约三百五十米处，即滕州官桥镇西南部、京沪铁路西侧约五十米处。1908年建设津浦铁路时，迁往道西五十米处。1957年首次文物普查时，墓地还有明代和民国初年碑碣各一。1991年、1992年以及1998年，地方政府又对毛遂墓和周边设施进行了数次修缮，此处已成为民众感怀毛遂事迹的名胜古迹。

3. 散金台上话二疏

轻金钱、重名节的高人

"二疏归里散金钱，此日台存忆昔贤。可惜劳生苏季子，何曾终保洛阳田。"这是乾隆皇帝南巡时所作《沂州览古》诗的第三首。诗中所赞美的"二疏"就是西汉东海兰陵（今枣庄市峄城区）人疏广、疏受叔侄。

疏广，字仲翁，自幼好学，师从本乡的著名经学大师眭弘，得其真传，学识日益广博，尤其对"春秋三传"之公羊传的微言大义有独到的见解。其学术声名远播，各地儒生都慕名到兰陵求学。朝廷听说了疏广的学识和声望，就征召他为博士、太中大夫。汉宣帝地节三年（前67），当时摄政的大将军霍光病死。汉宣帝亲理朝政，立八岁的儿子刘奭（即后来的汉元帝）为太子，任命丙吉为太子太傅，疏广为太子少傅，来辅导太子的学业。几个月后，丙吉升迁御史大夫，疏广随之就任了太子太傅。

疏受，字公子，是疏广的侄子。他当时也被举荐为太子家令，成为太子宫的官员。疏受为人谦恭儒雅，举止文质彬彬，做事谨慎，并且反应机敏，有很好的口才。一次，宣帝亲自到太子宫看望太子，疏受在汉宣帝面前的言谈举止非常得体。摆酒宴的时候，疏受向皇帝的敬酒之词典雅精当，深得宣帝的赏识。不久，疏受就被任命为太子少傅。太子每次上朝时，太子太傅疏广在前，太子少傅疏受在后，叔侄两人有礼有节，仪态端雅。朝廷的大臣们看在眼中，心中无不钦佩二疏的翩翩风度。疏广、疏受认真向太子传授儒家经典《春秋》《论语》《孝经》

等，并向太子讲解儒家治国之道，谆谆教导太子将来做了天子后要以民为贵，轻徭薄赋，宽政缓刑，使太子深受儒家治国理念的熏染。后来太子登基后，就秉承二疏的治国之道，废弃了汉宣帝的外儒内法的统治策略，大力推行儒道治国。

二疏不仅悉心教育太子，对于朝廷一些不好的政策也会提出不同意见。太子的外祖父、平恩侯许广汉曾向宣帝建议道，皇太子年少，需要有人在身边监护他，而自己的胞弟、中郎将许舜是最为合适的人选。疏广对此事提出了反对意见，他告诉汉宣帝，太子是国家的国储，是国本，一定要以天下的英才为师友，而不应该只亲近外戚；并且太子身边已经配备了太子太傅、太子少傅等人，如果任命许舜来监护太子，只会使太子视野闭塞，也无法让天下人了解太子的德行。宣帝认为他说得很有道理，就放弃了这个念头。

太子刘奭十二岁时，学业已有所成。有一天，疏广对疏受说："古人有言'知足不辱，知止不殆'，功成身退才符合天道。如今咱们两个官职做到了两千石，也算是功成名就了。如果现在不急流勇退，将来可能会有后悔的时候。不如咱们叔侄归老故乡，颐养天年，不是很好吗？"疏受很是赞同。汉宣帝再三挽留，看到他们态度坚决，最终同意了他们的请求，并赐金二十斤，太子刘奭又赠金五十斤。

叔侄俩回到故乡后，将皇帝所赐财物大半分给乡人，并经常设宴与故旧宾客把酒言欢。时间一久，疏广的子孙们对此很是不满，就拜托一位疏广平素信任敬重的同族老者转达他们的意思，希望疏广能够留下这笔钱购置一些田宅，以为永久之业。

疏广跟他们解释道："我还没有老到不顾念子孙的时候。但我们家本来就有些田地，只要子孙勤勉劳作，就能够过上普通人的日子。如果留下更多的财富，很可能导致子孙们骄横懒惰啊。"乡人听说后，都很佩服他对财富的见解。后来，叔侄俩都以高寿终。

宗族乡邻对疏广、疏受叔侄的人品和散金之德很是感念，为了寄托怀念之情，便在他们曾居住过的宅基上筑起土台，命名为"散金台"，后世又称作"二疏城"（在今峄城区萝藤村）。而今，"散金台"故址犹存，二疏墓就在"散金台"西面不远处的小山上。

4. 三公开泇河

畅通运河，功不可没

贯通祖国南北的京杭大运河绵延数千里，在山东枣庄一带却拐了个弯，出现了一段东西走向、长达近百里的河道。这段明朝万历时期开通的河道被称为泇运河，也就是今天声名远扬的台儿庄运河。大运河绕路而行的原因是什么呢？谁又在开通过程中起了至关重要的作用呢？

北宋徽宗时期，黄河泛滥，大堤决口，河道堰塞，中下游改道，流向东南，夺淮入海。黄河改道导致元明时期的京杭大运河不得不借道从徐州到淮安三百多里的黄河水道。明代中叶之后，黄泛越来越严重，影响了京杭大运河的通行。为改变这一不利局面，明朝自明穆宗隆庆年间，就开始讨论借用枣庄地区泇河河道绕开黄河的可行性。隆庆三年（1569），黄河决口，导致运河运输中断，漕粮运输损失惨重。总河都御史翁大立经过实地考察后，建议开通泇河。这是最早的开凿泇河运道的动议。但迟至明万历二十一年（1593），开凿泇运河的工程才正式开始。在这一工程中起到重要作用的是舒应龙、刘东星和李化龙，他们被称为"泇河三公"。

舒应龙（？—1615），字时见，号中阳，广西全州人，嘉靖四十一年（1562）进士。万历二十年（1592），被召入京师为工部尚书，总理河道。万历二十一年（1593），汶河决口，下灌沛县、徐州，冲毁运河堤坝两百多里。舒应龙为求通泄之途，在微山湖东的韩家庄、性义岭南，绕开需要开凿石方的葛墟岭，开了一条通往彭河的支渠，引湖水由彭河入泇河，这成为泇运河的上游。他又在李家石桥至万家庄之间的湖口，筑起长八千四百六十丈、宽一丈的堤坝，渠口建石闸以备蓄泄。这项泇运河开凿史上最早的工程，为后来的开泇奠定了基础，舒应龙因此成为开泇第一人。

刘东星（1538—1601），字子明，山西沁水人，明隆庆二年（1568）进士，万历中叶任河漕总理、工部尚书兼右副都御史。万历二十五年（1597），黄河再次在徐州一带决口。万历二十七年（1599），河漕总理刘东星等向朝廷建议，继续开挖韩庄中心沟，拓宽加深侯家湾、良城直通泇口的河道，使其能够行船，得到朝廷准许。因为当年河水漫过河床，未能施工。第二年，刘东星再次奏请开泇。获得批准后，刘东星排除种种困难，动工开泇。他不论浅狭难易，坚持向前推进，开通了最

难施工的河段，并在巨梁桥建石闸一座，德胜、万年、万家庄各建草闸一座，使泇运河河道的基本走向由此定型。但泇运河尚未通航，刘东星就积劳成疾，以身殉职。

最后毕其功的是李化龙。李化龙（1554—1611），字于田，北直隶长垣县（今属河南）人，万历二年（1574）进士。万历三十一年（1603）六月，黄河在山东单县、曹县和江苏沛县决堤，横冲运河河道。朝廷任命李化龙为工部右侍郎，总理河道。李化龙上疏建议彻底开通泇运河，并获得了朝廷的批准。万历三十二年（1604）八月，泇运河正式通航。万历三十三年（1605）二月，李化龙因母丧离任回家丁忧，临行之前，仍令负责运河的官员疏浚河道三十里，建船闸三座，保证泇运河畅通。

为纪念舒应龙、刘东星和李化龙在开通泇运河过程中的贡献，清乾隆二十九年（1764），河道总督杨锡绂在万年闸北首

（今峄城区古邵镇杨闸关村）建三公祠，颂扬他们的功绩。乾隆三十年（1765），乾隆帝从江南返京驻跸万年驿大营，为祠堂题写了"绩均珈运恭悬祠"的匾额。今台儿庄古城内依然有三公塑像，他们的功绩为后人所铭记。

5. 李克敬献颂

有"诗书文三长"美誉的人

康熙四十六年（1707），一生中六次南巡的康熙开始了他最后一次南巡。与前几次南巡差不多，每到一地，康熙总要接见地方官员，视察河防，与地方学者交谈，阅读他们呈上的诗赋等。二月，康熙乘船到达台儿庄运河驻跸时，当地和周边学者六七百人纷纷献上自己最满意的诗赋，总数达到了二十一卷。康熙阅读完毕后，将自己特别赏识的两篇文章定为第一等的第一名。这两篇文章就是峄县学者李克敬的诗作《皇雅》和《圣颂》，因为《皇雅》有八章，又称《雅颂八章》。

李克敬生于顺治十六年（1659），卒于雍正五年（1727），字子凝，号小东，峄县坊郭社人（今峄城区坛山街道）。祖上为东阿县人，明洪武年间迁徙至峄县。高祖李杏，曾为肥乡县主簿，与明代峄县著名文学家贾三近是至交。父亲李冲，以德行称誉乡里。李克敬兄弟六人，他排行第四。李克敬聪慧异常，并且自幼就酷爱读书，五岁便能背诵《尚书》，八岁诵五经，十岁的时候已能写文作诗，年仅弱冠已经声名远播，为当时著名的江左才子。李克敬有着远大的理想抱负，"萧然布衣士，一朝动帝王""抱膝坐待大风来，破浪长鸣动天地"，他的诗句充满着年轻人的豪情壮志。但命运却与李克敬开了个残酷的玩笑，他的科举入仕之途走得很是坎坷艰辛。自青年时代起，他就开始参加科举考试，但年届五十仍未得功名。他只能做设馆收徒的塾师以维持生计。

做塾师期间，"曲阜三颜"之一的颜光敩出任浙江学政，他钦佩李克敬的学识和为人，力邀他加入自己的幕府。李克敬接受了颜光敩的邀请。由于颜光敩的身体状况不佳，学政工作大都由李克敬处理。李克敬选拔了一大批贤才，颜光敩因此得到了江南士子的拥戴，更加器重李克敬。颜光敩任职期满后，李克敬又回到家乡继续教书。

台儿庄献颂被评第一虽仍不能使李克敬入仕，却是他命运的转折点。他的学术名声在士人中更加显赫，当时的大学士陈廷敬和张玉书都聘请他修订自己的文集。康熙四十七年（1708），他中了举人。康熙五十四年（1715）考中进士，授翰林院庶吉士。康熙对这个献颂的士子印象深刻，将他召入大殿交谈，也使李克敬名动京师，但同时遭到了很多人的嫉妒。于是有人弹劾他"诽谤程朱"，康熙只是对李克敬加以申斥，并没有降罪。但李克敬对当时的政治环境比较悲观，不久就以母亲病重需要照料为由请假回家。回家后，他又受峄县知县杨仁迪所托，承担了编纂《峄县志》的重任。

康熙六十年（1721），朝廷再次征李克敬入京，任翰林院编修，负责修撰国史。雍正又授予他文选郎之职，赏赐甚厚，命他参与修撰《大清一统志》。可惜未能完成，李克敬就病死于任上。

李克敬生性孝顺，友睦兄弟。母亲患眼疾，他亲自舔舐母亲的眼睛，竟使母亲重见天日，做官的俸禄也大都用来赠送兄弟。虽然自己的生活并不富裕，他还是常常接济困苦之人，且从不炫耀自夸。

李克敬生平著述丰富，创作诗歌千余首，还留下了许多论著，如《经解》《四书言》等。李克敬曾用心临摹过褚遂良的书法，写起来颇为神似。京城官员们称他为"诗书文三长"，后人评价他是"博学能词章""文名噪海外"。

6. 临城劫车案
民国第一大案

1923 年 5 月 6 日凌晨 2 时多，津浦铁路上，一列世界联运的国际列车——京沪第二次特别快车正行驶在枣庄地区的临城至沙沟段。此时，司机突然发现前面路轨有被破坏的迹象，但已经来不及刹车，导致列车车头和三等客车的两三个车厢脱轨。黑暗中，一群手持枪支的人冲上火车，将车上的二十七名外国乘客以及百余名中国乘客挟持到了今枣庄市山亭区的抱犊崮。这就是震惊世界的临城劫车案，也被称为民国第一案。这批武装人员是何方人士？他们制造惊天大案的动机又是什么呢？

20 世纪初北洋政府统治时期，政治腐败，军阀割据，加上自然灾害不断，社会经济陷入困境。在这一时期，枣庄出现了一些占山为王的武装，仅盘踞在抱犊崮山区的就有几十股、千余人。其中势力较大的一支就是以抱犊崮为基地的孙美瑶武装。孙美瑶世居峄县康宅（今枣庄市山亭区付庄乡白庄村），父亲孙守哲居家务农，同时做些小生意，家境逐渐富裕。孙美瑶兄弟六人，大哥孙美珠年长其十五岁。1918 年，孙美珠被官府诬陷为通匪，被迫带着孙美瑶和族叔孙桂芝一起逃至抱犊崮落草，逐渐发展起一支有着七百多人的武装，并联合其他武装建立起山东建国自治军五路联军。1920 年 8 月，孙美珠在山亭西集被红花会的人杀死，孙美瑶成为这支武装的领导人。由于枣庄地方武装猖獗，时任山东督军田中玉下令兖州驻防部队出兵剿匪。在强大的军事压力下，孙美瑶部遂想出劫持乘客以逼迫政府撤军的计谋。

临城劫车案发生后，全国鼎沸，枣庄地区顿时成为世界瞩目的焦点。西方各国向北洋政府施加了极大的外交压力，并借机索要中国铁路的管辖权，甚至威胁将如八国联军一般出兵。北洋政府处于剿抚两难的局面。山东督军田中玉调兵遣将，给予孙美瑶武装以军事压力。北洋政府也力图和平解决此次人质危机，派遣山东省军务帮办郑士琦负责此事。这时，北洋政府的交通部总长吴毓麟、天津警察厅厅长杨以德、津浦路局局长孙凤藻以及山东督军田中玉、兖州镇守使何峰钰等要员先后抵达枣庄。相关国家的领事也纷纷赶赴枣庄监督事件的解决，各国又派出武官观察团至枣庄调查。另外，红十字会、全国商联会、上海商会等组织的代表也到枣庄地区组织募捐、救济工作，帮会代表也到达枣庄参与危机处理，中外媒体记者更是纷至沓来，进行采访报道。当时的枣庄地区部队云集，旅馆、饭店、茶楼、酒肆终日客满。

经过数月的谈判交涉，6月12日，北洋政府终于与孙美瑶武装达成了收编协议。孙部将人质全部释放，所部被收编为山东新编旅，孙美瑶任旅长，驻扎枣庄。北洋政府对于临城劫车案中被迫接受和平解决的方案耿耿于怀，既对孙美瑶武装有戒备之心，又有惩治报复之意。1923年12月19日，兖州镇守使张培荣邀请孙美瑶赴中兴煤矿公司赴宴，毫无防备的孙美瑶孤身前往，结果被害。孙美瑶所部新编旅被解散，连以上军官都被解送到济南讲武堂"受训"（软禁），直至奉军入鲁时才被遣散。

7. 密室里的宝贝

第一支民族企业股票的诞生

2007年7月，香港的各大媒体相继登出一条消息，中国内地发现了张学良持有的工商业的原始股票，股票发行公司的名字叫峄县中兴煤矿股份有限公司，公司所在地是山东枣庄。许多人不禁好奇，中兴煤矿公司是什么样的企业？张学良为何会持有这家公司的股票呢？

枣庄煤炭的开采历史悠久。宋朝时，当地人就开始开采煤炭，但不成气候，仅仅是开采露头煤自用。到了明代万历年间，才形成有规模的开采。进入清代，枣庄的采煤业逐渐兴盛起来。洋务运动时期，洋务派大力发展近代工商业，建立了一批近代化工业企业。由于枣庄煤炭储藏丰富且煤炭质量很高，光绪四年（1878），清政府选派直隶东明知县米协麟、候补知县戴华藻到枣庄，筹集股银十万两，购买机器，筑建房屋，于光绪五年（1879）春设立了"官窑总局"。次年，正式成立了中兴矿局。由于经营不善及内部矛盾，中兴矿局于光绪二十二年（1896）11月停办。为避免德国独占枣庄煤炭资源，光绪二十四年（1898），张莲芬与德商合作成立了德华中兴煤矿有限公司。由于德商迟迟没有完成股本的投入，光绪三十四年（1908），华方筹资赎回了德股，煤矿完全由华资经营，定名商办山东峄县中兴煤矿有限公司。

自成立之日起，中兴煤矿公司就与政界、军界保持了非常密切的关系。德华中兴煤矿有限公司成立时，华总办张莲芬仍兼任山东盐运使，以此提升公司政治地位，震慑地方反对势力；股东中也有朱钟琪、朱曜等山东省和津浦铁路局官员以及赵尔巽等实力派人物。到了民国初年，更多的政界要人与中兴公司产生关联，如民国大总统黎元洪、徐世昌，国务总理靳云鹏，代总理朱启钤等都是公司的主要股东。黎元洪和徐世昌曾任公司的董事会会长，控制了公司的决策权和管理权。也就是在这一时期，张学良成为中兴煤矿公司的股东。1916年，中兴煤矿公司召开了股东大会，当时正值公司遭遇严重矿难，张莲芬愤懑而死之时。为表示对民族工业的支持，徐世昌出任了中兴公司的董事会会长，由原国务代总理朱启钤任代理董事会会长，赵尔巽任监察人。当时，"东北王"张作霖与徐世昌、朱启钤关系密切，与赵尔巽更是儿女亲家。中兴公司的当务之急是筹集股本，恢复生产。在赵尔巽的建议下，张作霖以儿子张学良的名义向中兴煤矿公司投资六万元。当时张学良只有十五岁，还在读书，就成了中兴公司的股东。

1925年6月，年仅二十四岁的张学良当选为中兴煤矿公司的主任董事。以六万元的股本以及在公司中的资历，他出任主任董事实难服众，但当时中兴公司遇到了一个大难题，为他当选提供了机缘。原来，当时山东督军张宗昌出兵中兴公司，强迫中兴公司提供军饷三十八万元，未达目的即强占中兴公司不走。因为张宗昌是张作霖的老部下，张学良就写信让其撤兵，解决了这一难题。

由于有着军政要员的大力支持，中兴煤矿公司很快发展成为全国第三大煤矿公司。公司在生产管理上全部采用西方近代化企业的方式，大多数设备都购自德国西门子公司，还雇用德国矿师负责生产技术。为保证销售的畅通，公司还出资修建了台枣、临枣铁路，在天津、连云港等处建立了码头，并发行了近代民族工商业的第一支股票，筹集到了更多的资本，所产煤炭畅销全国各地。中兴公司的壮大和发展，不仅使本是小村镇的枣庄成为工业城市，也为中国近现代工业的发展提供了坚强的能源支撑。

1923年，中兴煤矿公司办公大楼竣工。这座哥特式风格的建筑由德国设计师设计，当地人称它为"飞机楼"，现在是中兴文化博物馆的主体建筑。2006年，新中兴公司的工作人员在整理楼房时，偶然间发现了一个封闭的密室。打开密室后，发现里面堆积着中兴煤矿公司的档案资料以及大量的原始

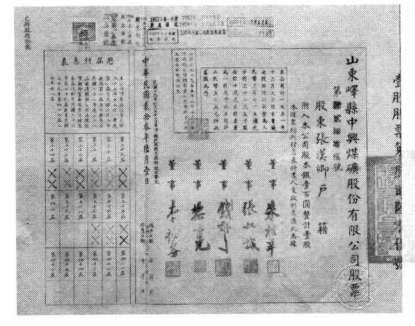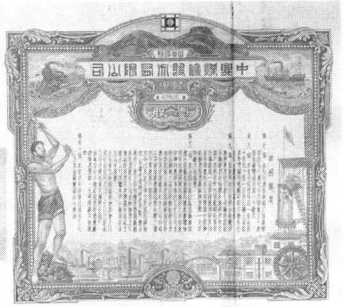

中兴煤矿公司股票

股票，其中就有写着张学良名字的股票。这批珍贵文物见证了当年中兴公司的兴盛，也见证了它为中国的近代化做出的重要贡献。

8. 血战台儿庄

浴血奋战，民族扬威

台儿庄古城一座建筑的墙壁上有一幅巨大的照片，吸引着人们的目光。照片中，年轻的敢死队队员勇毅地站立着，略带稚气的脸庞上看不出丝毫恐惧慌张的神态；一位年长的军官正在往他身上悬挂手榴弹，整理他的装备。当年惨烈的战争场景就通过这样一个瞬间展现在了后人的面前，使人们深深感受到台儿庄大战中国军人前赴后继、无畏赴死的英雄气概，和中华民族同仇敌忾、英勇不屈的战斗精神。

1937 年 7 月 7 日，日本帝国主义挑起七七事变，悍然发动了全面侵华战争，中华民族的民族抗战开始了。日军利用其优势兵力，沿着津浦路南北同时进攻，企图南北会师，占领战略要地徐州。中日双方军队在津浦路一线展开了殊死搏斗。徐州的北大门台儿庄则成了双方必争之地。1938 年 3 月 23 日，台儿庄大战爆发。中国军队浴血奋斗，坚守台儿庄，以血肉之躯构筑起一道不可逾越的防线。大战中，中国军队涌现出了很多可歌可泣的英雄事迹。

在滕县保卫战中，川军用血肉之躯，书写了血战到底的民族精神。在敌我兵力悬殊的情况下，川军没有退缩，英勇顽强地阻击着日军的进攻。死守孤城滕县的川军一二二师，加上滕县县长周侗所属的武装警察和保安团，战斗部队不足两千人。师长王铭章身负重伤后，看到滕县已被日军攻破，不甘被俘受辱，高呼"杀敌，杀敌，抗战到底！"，饮弹殉城。三百名身负重伤的川军兵士纷纷以师长为榜样，决心与城共存亡，引爆身上的手榴弹与敌同归于尽。

在台儿庄保卫战的关键时刻，为了驱逐出冲入台儿庄城内的日军，中国军队先后数次组织敢死队，与日军展开肉搏战。威震敌胆的五十七勇士敢死队是典型代表。当时第二集团军二十七师第七连全连官兵仅剩五十七人，为夺回台儿庄西北角阵地，连长王范堂提出组织敢死队夜袭日军。作战计划经王冠五团长同意后，以王范堂为队长的五十七人敢死队成立。在我军炮火的掩护下，五十七勇士抱着为国牺牲的信念，乘着夜色冲入敌阵，杀声震天。日军抵挡不住怀着民族仇恨的敢死队队员，丢弃了西北角阵地溃退。西北角阵地重新回到了我军手中，而五十七勇士敢死队仅剩下十三人，均伤痕累累。五十七勇士为台儿庄大战的胜利立下了不朽战功，赢得了整个战局的主动权，鼓舞了士气，奠定了台儿庄大战胜利的基础。

在台儿庄大战中，有无数的无名英雄长眠于这片土地上。其中，年仅十八岁的湖南巾帼英雄刘守玟的故事尤为感人。台儿庄大战期间，湖南姑娘刘守玟瞒着家人，加入湘军战地救护卫生队，只身一人来到了台儿庄战场。在战场上受伤后，她被送到铜山县柳新镇陈塘村一农民家中救治养伤，两天后由于伤情严重不幸牺牲。临终前，这位女英雄嘱托房东大嫂（徐州市铜山县柳新镇口上中学陈开灵老师的祖母）帮她寄一封家书、一张自己的照片和两块大洋。房东大嫂答应刘守玟一定会完成她的遗愿，并把她埋在了村东的乱葬岗。由于战乱频仍，陈家只保留了那张照片，丢失了联系方式。六十六年后，湖南女兵的故事被世人知晓。在社会各界的帮助下，女兵的身份得以确认，遗骨也从徐州回到了自己的家乡，安葬在湖南革命陵园。

台儿庄大战中，中华民族"威武不能屈"的民族气节得到了充分的体现。中国军队以血肉之躯战胜了训练有素、装备精良的敌人。正是无数抗日英雄不畏强暴、不甘屈辱、誓死

参加台儿庄战役的中国军队通过浮桥

保卫国家的精神，激励着中国军队奋勇杀敌。从此，台儿庄大战成为民族扬威不屈之战，台儿庄成为民族扬威不屈之地。

9. 运河支队勇抗战
战斗在运河两岸的抗日队伍

一提起抗日战争时期枣庄地区的抗日武装，人们最先想到的自然是名闻天下的铁道游击队，耳边回荡的是那脍炙人口的旋律《弹起我心爱的土琵琶》。其实在战火纷飞的抗战年代，面对日本帝国主义的入侵，英勇的枣庄儿女奋起抗争，纷纷拿起武器，组织武装力量，以血肉之躯保家卫国，建立了几十支抗日队伍，涌现出无数可歌可泣的英雄事迹。运河支队及其创始人孙伯龙即是这些英雄儿女中的杰出代表。

孙伯龙（1903—1942），名景云，字伯龙，后以字代名。他生于山东省峄县四区（现属枣庄市薛城区周营镇）中李庄村的一个富裕家庭。五四运动期间，在峄县韩庄镇高等小学读书的孙伯龙积极参与了学生运动。1922 年，孙伯龙以优异的成绩考入山东省立第一师范学校，在校期间受到革命思想的熏陶，树立了救国救民的革命理想。1926 年春天，孙伯龙离开了山东省立第一师范学校，奔赴广州，考入黄埔军官学校第六期学习。1928 年 4 月，孙伯龙离开黄埔军校，满怀救国之情，参加了第二次北伐战争。北伐军占领峄县后，孙伯龙奉命留在家乡组建国民党峄县县党部和县政府，并被任命为峄县县党部常务执行委员（后称书记长），成为国民党在峄县的主要官员之一。在任期间，他积极整顿官员作风，维护民众利益，创办学校，推行基层教育，组织领导了农民协会的斗争活动，并支持枣庄矿区罢工等革命行动。他内心同情共产党，并保护了朱道南等中共党员，真可谓当着国民党的官，干着共产党的事，这自然导致了国民党当局对他的不满。1931年，孙伯龙被调离峄县，1934年被撤职。他回到峄县老家，建立了峄县文庙小学，培养学生的爱国主义精神。

全面抗日战争爆发后，孙伯龙决意弃文从武，组织了一支三十多人的武装，开始了抗日活动。台儿庄大战期间，他积极配合中国军队的军事行动，做出了贡献。大战结束后，他接受共产党员朱道南的建议，联合各派地方武装力量，成立了山外抗日军四部联合委员会，并任副主任。他坚决支持共产党的抗日策略，政治立场日益向共产党靠拢。

1939年12月，孙伯龙率领部队参加了八路军。不久，一一五师运河支队成立，孙伯龙任支队长，朱道南任政委。从此，运河支队的旗帜飘扬在运河两岸。运河支队是在极其艰苦、复杂的斗争环境中不断发展和壮大的。在共产党的领导下，一千多名运河支队的队员们利用机动灵活的游击战术，活跃于台儿庄运河两岸，像一把钢刀插入敌人的心脏。成立后数月时间，他们经历大小战役数十次，接连在杜庄、利国驿等战役中取得胜利，给日军以重创，打出了运河支队的军威。但在连续作战的过程中，运河支队经常同数倍于己的敌人作战，也付出了很大的伤亡代价。为保存有生力量，一一五师师部命令运河支队主力进入抱犊崮山区休整，并对其领导班子做出了较大调整。

运河支队的主力被提升为主力部队，孙伯龙调任鲁南军区副司令，朱道南调任峄县县长，副支队长邵剑秋任运河支队支队长。

孙伯龙不甘心眼睁睁看着自己战斗的运河地区落入日寇之手，百姓生活陷入水深火热之中，于是要求组织峄山支队，再次与日寇激战在运河两岸。邵剑秋率领的运河支队也一同出战，双方配合作战，给日军以重击。1942年初，峄山支队遭到日军突袭，孙伯龙壮烈牺牲，时年三十九岁。

运河支队里涌现出许多英雄人物，唯一的女性队员梁巾侠就是其中的代表。她有胆有识，才貌双全，能文能武，威震敌胆，直到今天仍被家乡人亲切地称为"运河女侠"。1916年，梁巾侠出生于峄县张林村一户富裕人家，自幼随外祖母识字，后受民主思想影响，为妇女解放而刻苦自学。1938年初冬，她离开家乡，到抱犊崮山区参加了苏鲁人民抗日义勇总队宣传队，从事戏剧创作，写了《夺枪》等活报剧，演出后大受欢迎。后跟随朱道南从事运河支队的组建工作。1939年底，运河支队建立后，梁巾侠任支队政治处宣传股股长。她常把战斗事迹编成鼓儿词，由本为说书人的副队长演唱，极大地鼓舞了运河沿岸军民的斗志。1942年1月，梁巾侠改任峄山支队秘书。战斗中，孙伯龙牺牲，梁巾侠临危不惧，继续指挥战斗，打退了敌人多次进攻，率军胜利突围。

孙伯龙牺牲后，运河支队依然坚持战斗在运河两岸，并在困境中不断发展壮大。抗日战争胜利前夕，1945年8月，运河支队改编为山东野战军警备第九旅第十八团。虽然运河支队的番号随着抗日战争胜利结束而成为历史，但以孙伯龙为代表的先烈们为民族独立抛头颅、洒热血的精神将永远被后人铭记。

10. 八路军——五师在抱犊崮

"翻边战术"创造地

抗日战争全面爆发后，为统一领导山东各地的共产党武装，1938年12月27日，中共山东省委成立八路军山东纵队，使分散各地的游击队成为在战略上统一指挥的游击兵团，标志着共产党领导的山东武装力量建设进入了新阶段。由于人民抗日武装组建不久，军事力量较弱，因而常常处于日伪顽军的夹击之中，战局极为不利。要巩固和扩大山东抗日根据地，使其南可联华中，北可迫平津，与晋察冀和晋冀鲁豫抗日根据地形成鼎足之势，就需要一支主力部队做骨干，增强山东的抗战力量。因此在党的六届六中全会上，毛泽东制定了"派兵去山东"的战略部署，决定派八路军——五师进入山东，建立山东抗日根据地。枣庄抱犊崮山区就是在这个时代背景下，与八路军——五师发生了紧密的联系。

1938年12月初，八路军——五师第三四三旅第六八五团改称苏鲁豫支队，挺进山东湖西地区。随后，一一五师师部和第六八六团在陈光、罗荣桓的率领下，经山西、河南到达鲁西南鄄城、郓城地区，取得了梁山大捷，创建了鲁西、泰西抗日根据地。至1939年春，山东纵队和鲁南人民抗日武装初步开辟了抱犊崮山区东部及东南部的活动基地，为建立鲁南抗日根据地创造了有利条件。1939年4月，八路军——五师代师长陈光、政委罗荣桓做出了向鲁南进军的部署。8月，第六八六团根据师部命令，从鲁西出发，于9月初抵达鲁南抱犊崮山区。此时，其他部队也陆续进入鲁南地区。第一一五师到达鲁南后，对鲁南的地方武装力量进行了整合，统一军事指挥，将义勇队第一总队改编为苏鲁支队，鲁南铁道队（铁道游击队）归支队指挥。此外，整编成立运河支队，由孙伯龙任支队长。为巩固、扩大鲁南抗日根据地，罗荣桓提出以抱犊崮山区为中心，向北向西北连接大块山区，向南向东南发展大块平原的战略构想。一一五师决定，向东南控制郯（城）马（头）平原，打通与华中区的联系，向西与湖西区，向北与鲁中区打通联系，并东进向滨海地区发展。

按照罗荣桓的战略构想，1939年9月，八路军一一五师拔除了由枣庄伸向抱犊崮山区的白山、上下石河等日伪军据点，打垮了勾结日伪军的当地反动武装，并使一些地方武装保持中立或向自己靠拢，初步打开了抱犊崮山区的局面。12月下旬，第六八六团主力向盘踞在滕东冯卯、山亭、文王峪等地的顽军申从周部发起进攻，申带残部逃往津浦铁路以西。与此同时，苏鲁支队一部在友军董尧卿旅和滕东县大队的配合下，攻占东江、驳头山等村，歼灭顽军申从周部第七纵队第三团和国民党军别动队第五梯队第四十三游击支队，扫清了滕东地区的反共势力。至此，抱犊崮抗日根据地已扩大到东南至郯马、东至苍山、西至滕邹边、北至梁邱一带。从1939年到1940年春，峄县、邹县、郯城、费县、临沂、邳县等县级抗日民主政府相继建立，鲁南抗日根据地初步形成。

1940年4月14日，日军第三十二师团和独立混成第十旅团及伪军各一部共八千余人，在第三十二师团师团长木村兵太郎的率领下，由邹县、滕县、枣庄、临沂等地出动，分路向抱犊崮山区进行大规模的"扫荡"，企图一举歼灭第一一五师主力，摧毁鲁南抗日根据地。日伪军从根据地边缘开始逐层建立据点，步步为营，向根据地中心区推进，企图将一一五师主力困死在抱犊崮山区。针对日军的企图和"扫荡"特点，罗荣桓等创造性地提出了著名的"翻边战术"，就是"敌人打到我们根据地来，我们就打到敌人后方去"。这是积极主动的游击战法，通过分散和牵制进攻根据地敌人的兵力，调动敌军回扑，从而打乱其军事部署。于是，第六八六团和山东纵队第六支队第七团活动于费县西北，东进支队（原苏鲁豫支队第二大队）转移至郯马地区活动，教导大队转移至崮口山区，苏鲁支队转移至滕费边地区，峄县支队和运河支队活动于峄县以南地区。至5月5日，反"扫荡"作战胜利结束。第一一五师主力部队和地方武装共作战三十二次，歼日伪军两千余人，成功粉碎了日军的"扫荡"，保卫了抱犊崮抗日根据地。

抗战时期，延安是中国先进文化的中心。随着八路军一一五师挺进抱犊崮，延安新民主主义的文化也朝气蓬勃地传入枣庄，并一跃成为枣庄文化的主流。一一五师师部驻扎抱犊崮山区近两年，抱犊崮根据地被人们誉为"鲁南小延安"。随着战争形势的变化，八路军一一五师的主力逐渐向临沂滨海一带转移，但它创立的鲁南抗日根据地、培养的革命队伍依然在鲁南大地上坚持抗日，并最终取得了抗日战争的胜利。

11. 护送刘少奇过微山湖

抗战时的秘密交通线

　　著名作家刘知侠的小说《铁道游击队》让抗日战争时期枣庄的一支武装力量——鲁南铁道大队名闻天下。人们提及铁道游击队，总是津津乐道于他们夜袭洋行、破铁路、炸桥梁、截货车、打票车、拔据点等颇具传奇色彩的英雄事迹。其实除在铁道线上与日伪军展开斗争外，铁道游击队还承担着一项极其重要的任务，就是用血肉之躯构筑、维护着一条秘密交通线，保证党的领导人和战略物资顺利通过津浦线和微山湖。他们曾先后护送刘少奇、陈毅、萧华、朱瑞、陈光等领导干部安全通过这条秘密交通线，为抗日战争的胜利做出了巨大的贡献。

　　抗日战争时期，党的许多根据地处于敌伪势力的分割包围之中，相互间往来极其困难。广大地下党员和游击区的干部，凭着党的群众路线和统战政策，构建起一条条畅通无阻的交通线，在这些根据地之间迎送各级领导同志，为赢得战争的胜利发挥了重要作用。华东、山东根据地与太行山总部以及延安往来交通线就经过铁道游击队负责的津浦铁路和微山湖。

　　1942年3月，中共中央派刘少奇由华中来山东检查工作。同年7月下旬，准备跨越津浦铁路返回延安。鲁南军区把这个光荣而艰巨的任务交给了鲁南铁道大队。鲁南铁道大队接到任务后，进行了周密计划和部署，抽调精干队员进行了短期训练。他们依靠地方干部和广大抗日群众，对途经的几个村庄（落脚点或休息场所），如津浦铁路东的聂庄、小北庄、富山后、放马场、贾家庄、老和尚寺、横山口、茶棚、吕沟、董庄和铁路西的孟岭、乔庙、西万、蒋集、夏镇、南庄等地，都进行了细致的调查摸底，有计划地建立了一部分基点村。此外，他们还在夜间到村里进行群众发动工作，积极对与特务、伪军有联系者做思想工作，向他们讲明抗日救国的道理，规劝他们不要死心塌地做汉奸，逐步使一部分伪军同我铁道大队和其他人民抗日武装建立了秘密联系。

刘少奇接见了刘金山、杜季伟、王志胜以及负责护送的几个中队长，和蔼可亲地同他们握手，询问鲁南铁道大队的战斗情况，对铁道队的工作给予了表扬，并对今后的工作做了具体的指导，明确了铁道游击队今后一个阶段最重要的工作就是保证交通线的安全顺畅。刘少奇在微山湖度过了五天五夜才安全离开。

根据刘少奇的部署，1943年后，鲁南铁道大队的主要任务由截击敌物资、破袭敌交通等，转为保护山东、华中通往革命圣地延安的交通线。敌人在屡遭铁道大队打击后，也不敢轻举妄动。

鲁南铁道大队还先后护送陈毅、萧华等重要领导人顺利通过交通线。1943年11月的一天，铁道大队接到鲁南军区首长的指示，最近有重要首长过路，要做好准备，确保首长安全，完成护送任务。这位首长就是新四军代军长陈毅。他是路过这里去延安参加中共第七次全国代表大会的。根据计划，陈毅要在微山湖里休息几天。铁道大队连夜送他乘上一条船，划进湖里。陈毅眺望着山峦起伏的鲁南山区和一望无际的微山湖水，大为赞叹，叮嘱铁道游击队要以抱犊崮根据地为依托，充分利用微山湖有利的地理条件，保证这条主要交通线的畅通，直到胜利。临走时，陈毅看到铁道游击队缺少武器，还让警卫人员从仅有的五支驳壳枪中选了两支送给他们。在秋风萧瑟、浪花飞溅的微山湖上，陈毅赋诗一首，名《过微山湖》："横越江淮七百里，微山湖色慰征途。鲁南峰影嵯峨甚，残月扁舟入画图。"表达了无产阶级革命家豪迈的革命情怀和对祖国大好河山的热爱之情。

1942 年秋天，鲁南铁道大队又安全地护送八路军一一五师政治部主任萧华过微山湖抵达太行山区。萧华对他们的工作非常赞赏，并感叹人民群众才是真正的英雄。

抗日战争期间，鲁南铁道大队机智勇敢地同敌人做斗争，为抗日战争的胜利立下了卓著功勋。萧华称赞他们是"坚持在敌占区、边沿地区的武工队、游击队的一面鲜明的旗帜，是'怀中利剑，袖中匕首'"。三百多人的鲁南铁道大队，截至撤销番号前，共牺牲一百五十余人。抗日战争的胜利是来之不易的，是用烈士的鲜血换来的。

三

山川胜景

1. 抱犊崮

险秀之崮，雄奇之山

抱犊崮，鲁南七十二崮之首，以雄、奇、险、秀著称，被誉为"鲁南小泰山"。传说古时候山下住着一个王老汉，因无法忍受苛捐杂税，打算到又高又陡的山上去躲避，便抱着一只小牛犊爬上崮顶，建舍开荒，自给自足。老汉平日食松子野果，饮山泉甘露，久而久之，渐觉神清目朗、风骨脱俗，后经仙人点化，居然成仙而去。抱犊崮因此得名。

抱犊崮地处峄、滕、邹、费、苍山五县交界，兼有地理之要、山势之险，历来为兵家必争之地。明末清初鲁南义军首领"九山王"王俊活跃在抱犊崮山区十余年，多次挫败"围剿"的官军。清末，苏北、鲁南地区爆发了幅军起义，抗清义士刘平、刘双印先后活动在抱犊崮山区周边，历时长达十三年。1923年，占据抱犊崮的孙美瑶率兵在临城（今薛城）拦截了一列火车，将英、法、美等多国侨民及中国乘客百余人劫持到抱犊崮，制造了震惊中外的"临城劫车案"。此案当时轰动全国，震惊中外。外国驻华公使、领事，中外报刊记者，北洋政府官员，苏鲁豫皖督军，南北政客纷至沓来，云集枣庄。军队布防、警员出动，不大的枣庄小城一时各方人士往来穿梭，游说施压，热闹非凡。事件历时三十七天，经多方斡旋，以谈判招安的方式解决。

1938 年 5 月，中共苏鲁豫皖边区特委成立了第五战区苏鲁人民抗日义勇总队，开辟了抱犊崮山区抗日根据地。1939年 9 月，在政委罗荣桓、代师长陈光的率领下，八路军一一五师师部及六八六团、师直属特务营、师教导大队陆续抵达鲁南，在抱犊崮东部的大炉与苏鲁人民抗日义勇总队会师。在八路军一一五师的领导下，中共鲁南区党委成立，鲁南第一个抗日民主政权——峄县抗日民主政府也建立了。苏鲁人民抗日义勇总队被改编为八路军一一五师苏鲁支队，以抱犊崮为中心的鲁南抗日根据地得以壮大。八路军一一五师师部也曾一度设在抱犊崮山区。八路军一一五师的到来，开启了抱犊崮山区敌后抗日根据地的新篇章，掀起了鲁南人民抗日的新高潮。如今，抱犊崮山前建有八路军抱犊崮抗日纪念园，人们在饱览抱犊崮山水、品味传奇的同时，还可以在这里缅怀抗战先烈，感受那段波澜壮阔的民族抗争历史。

抱犊崮秋色

抱犊崮景区峰峦叠翠，流水青碧，一年四季风光各异，宛如画卷。山中有竹林庵、清华寺、吕祖洞、巢云观等众多遗迹。"君山望海"为旧时"峄县八景"之冠。

抱犊崮远离城市的喧嚣，是块深藏鲁南腹地的险秀雄奇之地，被评为国家级森林公园。这里水质清澈，空气纯净，负氧离子含量在 95% 以上，堪称天然氧吧、健康驿站。

2. 冠世榴园

榴林万顷成大观

枣庄石榴有悠久的种植历史。公元前 36 年，匡衡把石榴从御苑中移植到自己的家乡栽培。东汉名臣袁安在此地做官时，大力发展农桑，扩种果田，使石榴种植成为这一区域的传统。清乾隆年间，峄县知县张玉树提出靠山吃山、靠水吃水的务农之策，督促山农扩种榴田。经过多任地方官员的努力，石榴园的面积不断扩大，遂成规模。

1983 年 7 月，联合国粮农组织官员布莱特一行来枣庄考察旱作农业，在参观了石榴园后，他说："我的足迹踏遍了世界五大洲，还没见过这么大的人工榴园，这堪称世界少有。不能仅仅把它作为果园对待，要作为旅游区开发，要通过石榴园向世界展示东方大国的神秘。" 1985 年，枣庄市，峄城区和棠荫乡、王庄乡三级政府全力开发石榴园旅游区，先后修复建设了青檀寺、一望亭、三近书院、园中园、匡衡祠及权妃墓陵、汉王亭、楚王亭、览翠阁等二十多处景点、景观。石榴园被上海大世界吉尼斯总部认证为"吉尼斯之最"，2015年又被评为"中国AAAA级旅游景区"，枣庄也获得"中国石榴之乡"的称号。

近年来，当地政府大力加强石榴品牌研发、产品开发、景区环境改造提升等工作，冠世榴园又相继建设了全国独有的石榴科技文化主题园林、中国石榴博物馆等。2017年，山东省政府把"峄县盆景栽培技艺"列为"非物质文化遗产项目"。如今，冠世榴园总面积已达十八万亩，有石榴树八百余万株，六十八个品种，以历史久、面积大、株数多、品色全、果质优闻名海内外。

晋代文学家潘安赞美石榴为"天下之奇树，九州之名果"。历史上有不少文人墨客与峄城石榴结缘。明代乡贤贾梦龙、贾三近父子在石榴园腹地的石屋山泉建有"光禄卿第"。父子二人与当地文人组成"十二文友"，建立了"青檀诗社"，经常在此地赏榴花，饮果酒，吟诗作赋。峄县知县张玉树也曾与孙蓉衫、张兰坡等文人结成"榴籽藕丝"诗社。

冠世榴园

石榴是吉祥之果，因其多籽，人们常借它来祝愿子孙繁衍、家族兴旺昌盛。石榴鲜美多汁，营养丰富，为人们所喜爱。

冠世榴园是石榴主题生态文化旅游区。它以十几万亩石榴园林为主体，以独具特色的自然山川为依托，以石榴文化为主线，以鲁南历史文化积淀为底蕴，成为国内外具有较高知名度和美誉度的山地园林生态观光休闲旅游胜地。

3. 滕州红荷湿地

诗意的休闲胜地

滕州微山湖红荷湿地景区位于微山湖东北部的滕州市滨湖镇境内，以原生态风情和保存极佳的湿地资源而闻名。

当你踏入这片诗意的湿地，赏红荷芦荡，观鸥鹤碧水，寻幽谷足迹，会油然而生回归大自然的愉悦感和松弛感。乘船深入湿地的中心地带，观鱼鹰，摘莲子，赏荷花朵朵，看碧叶田田，更能身临其境感受到"接天莲叶无穷碧，映日荷花别样红"的诗情画意。阳春三月，清风梳柳，"小荷才露尖尖角"；流火七月，"四顾山光接水光，凭栏十里芰荷香"；金秋九月，桂花飘香，"秋阴不散霜飞晚，留得枯荷听雨声"；素洁冬日，百里芦荡，芦花似雪。一年四季都如诗如画。陈毅元帅在1943年经过微山湖时留下著名的诗作《过微山湖》，描绘了微山湖的美丽景色："横越江淮七百里，微山湖色慰征途。鲁南峰影嵯峨甚，残月扁舟入画图。"景区建有咏湖阁以纪念此事。

盘龙岛是景区第一大岛，面积一平方公里，岛上芦苇茂盛，花木繁多，栈道蜿蜒回环。岛上有乾隆皇帝问诊处御诊阁、电视剧《铁道游击队》外景拍摄基地小李庄，以及观岛亭、芦荡迷宫等景点。盘龙岛、盘龙岗因乾隆皇帝南巡在此停留、求诊而闻名。乾隆南巡经过此地时，误食有毒湖鲜，突发腹疾，太医束手无策，敕令湖东府县选送地方名医。望凫村郎中杨黻为乾隆把脉，三剂回春。乾隆大悦，亲题匾额"义周梓里"，御诊阁因此而得名。

2004 年，微山湖湿地举办了第一届中国（滕州）微山湖湿地红荷节，迄今已连续举办了十九届，已成为微山湖湿地景区最负盛名的旅游文化品牌。在红荷节来临的一个月内，城市一片盛装，演出活动不断。"红荷之夜"是红荷节的重头戏，来自世界各地的嘉宾和投资商共聚湿地，赏荷休闲，接洽商谈。

风景区规划面积为六十平方公里，以湿地生态与红荷观赏、探险旅游为主题，已陆续建成红荷文化园、湿地游憩园、湿地康乐园、湿地度假园、中华湿地探险园等，有红荷博物馆、垂钓中心、猴岛、蛇岛、水上人间风情、铁道游击队纪念馆等景点近百处，形成滨湖湿地景观廊道、微山湖明珠旅游线。

红荷湿地

红荷湿地现拥有十三万亩野生红荷、三十平方公里芦苇荡，以及素有"水上森林"之称的国内罕见的万亩速生林基地、被誉为"地球之肾"的完整的湿地生态系统，创造了"红荷面积"和"自驾游人数"两项"吉尼斯之最"，现为"国家 AAAA 级景区"，有"山东最美湿地""中国最美生态文化旅游目的地""中国最美休闲度假胜地"等称号，每年吸引几百万中外游客前来观光旅游，是令人神往的诗意休闲胜地。

4. 熊耳山国家地质公园

大震遗迹，地质奇观

1668 年 7 月 25 日晚，山东南部发生了一次特大地震，史称郯城大地震，波及我国东部绝大部分地区以及东部海域，是世界上为数不多的造成严重破坏的特大地震之一。国家地质公园——熊耳山的地质奇观就与这次地震有关。

熊耳山位于枣庄市山亭区东南部北庄镇境内，海拔 483 米，东西绵延六公里，南北宽约两公里，其主峰远看就像一只大熊耳。这里有双龙大裂谷、溶洞群、黄龙洞、龙抓崖、八戒洞、龙泉等自然景观，堪称"天造地设、鬼斧神工"，是罕见的石灰岩地质地貌奇观。

双龙大裂谷内两条裂隙分别呈东西和南北走向，两条裂谷斜插相连，错落有致，俯瞰又似两条拨云洒雨的蛟龙，故得此名。两侧悬崖陡峭，壁立千仞，怪石嶙峋，纵横交错。仰望谷顶，双壁似削，古木苍藤掩天蔽日。裂谷内，钟乳石千姿百态，曲径通幽，洞洞相连，谷天相映，深邃神奇，可谓奇观密布，胜景不绝。大裂谷的形成不是偶然的。大裂谷发育在五亿年前寒武系厚层石灰岩中，其质地脆硬，抗风化力较强；其下部泥质页岩、砂岩质地软弱，易于被风化剥蚀。经过亿万年地壳运动及侵蚀，此处形成了特有崮形山顶。漫长地质时期的风化侵蚀作用使熊耳山形成一些大型的节理、裂隙及溶洞，使之具备了山体崩塌的条件，在1668年郯城特大地震袭击时，形成了奇特的大裂谷。

从熊耳山西麓出发，漫山遍野布满奇形怪状的巨石，大者重达千吨，小则几十吨，石石相叠，错落有致，形态各异。巨石中还夹杂着零落的石碌和石碓。这里便是典型的崩塌地质灾害遗迹"龙抓崖"。地质专家初步认为，这种崩塌现象是三百年前发生的郯城大地震引发大山崩造成的。站在巨石之上，闭目凝神，三百年前那山崩地裂的轰鸣声仿佛仍然在耳畔回响。

行至山腰，台阶右侧十余米处有一千吨巨石，被称作"万人抬"，意即需一万个人才能抬动它。紧挨台阶有一巨石，顶端平整宽阔，像人工搭建的舞台，当地人称作"戏台"。"戏台"附近有三块巨石，分别叫上马石、下马石和狐仙石。传说东汉光武帝刘秀被王莽大军追杀，逃至此地，眼前却是一道又深又陡的石涧，惊得坐骑前蹄高抬，将刘秀摔落马下。后幸遇一位狐仙相助，刘秀才重新上马，化险为夷。后来，刘秀上、下马的石头，和狐仙踏过的石头分别被叫作上马石、下马石和狐仙石。

熊耳山大裂谷

　　双龙大裂谷东侧就是游览胜地黄龙洞。《兖州府志·山水志》载："熊耳山，峄县北六十里，与滕县接境，其上有黄龙洞，旧传黄龙禅师修真之所。"洞口有一棵千年古槐，枝繁叶茂，生机盎然。树干遒劲有力，树围须三人合抱，树干顶部有一小洞，洞中又生长一棵小槐树，故又称"子母槐"。黄龙洞洞口高达十六米，宽约八米，洞深三十米，可容纳两千余人。明代文豪贾三近留下的纪游诗就题在洞东侧的显眼处，虽已字迹剥落，但依稀可辨"万历""黄龙洞"等字样。

　　熊耳山附近还有卧虎洞、巨龙洞、牛鼻洞、沧浪渊、龙床瀑布等地质奇观，非常值得一看。

5. 翼云石头部落

独具韵味的民居

　　翼云石头部落地处枣庄市山亭区的翼云山南麓，依山而建。

村民们住的房子都是就地取材，用石头建成，就连房子的瓦片也是用当地一种薄石板做成。石头墙、石头房、石头碾子、石头磨、石头桌、石头缸、石头农具等成了这里的特色。

这个村子建于清朝乾隆年间，已建村两百多年。据村民们介绍，最初是一户单姓人家和一户陈姓人家为了躲避战乱，来到这里居住，以砍柴、开荒种地为生；清咸丰二年（1852），又有一户单姓人家从大坞镇阳温村来此投奔族人。从此这三户人家和睦相处，繁衍至今。

这个村曾三次改名。以前叫"东岭村"，因为贫穷，村里的男人都娶不上媳妇，被当地人戏称为"穷命庄"。为改变穷困面貌，改名叫"兴隆村"。不过，由于自然条件恶劣，靠天吃饭，饮水困难，村子仍然没有兴隆起来。前些年，政府把村子与沈庄合并为一个行政村。当时，年轻人纷纷下山，老人们却故土难离，坚守着自己的家园。全村265户，只剩下六十多户，全是六十岁以上的老人，年龄最大的九十多岁。他们在村子里过着日出而作、日落而息的原生态农村生活。

后来，有几个摄影爱好者来到这个村子采风。他们把拍摄的照片发到了网络上，原生态的石板房以及村民们日常生活的场景引起人们的注意，来此游玩的人逐渐增多。当地政府对其进行了旅游开发，由青岛欧亚集团投资8.6亿元，建设成了"翼云石头部落"。该景区以石板房、翼云山、翼云湖为核心，融入鲁南民俗文化和小邾国悠久历史文化，利用山、水、古村元素，开发建设成集石板房山村探秘、民俗文化体验、田园农耕参与、城郊山水度假和水上游乐、自驾野外宿营等功能于一体

翼云石头部落的石板房

的综合性旅游度假区。最具特色的古村落区主要以鲁南民居为载体，把具有显著地方特色的石屋、石楼、石街、石径修旧如旧，再现人们记忆中的古山村，并融入鲁南地区各种民俗文化和民间技艺，重现往日乡野民风。

目前，兴隆村全体村民已经搬迁至附近的新村，家家户户都住上了二层小洋楼。那些健在的老人们也告别了田园生活，住上了楼房，快速迈入小康时代。这个村改变了命运，并不是因为改名字，而是因为赶上了好时代。村子被改造成了旅游景区后，已经没有原居民在此居住，居住者是在此做生意的外地人，有酿酒的，有做泥人的，有开农家乐饭店的……那些建设年代久远的石头房子默默地向游人诉说着过去的故事，让游人回味记忆中的古山村。

翼云石头部落是鲁南规模最大、保存最为完整的古村落石板房建筑群，是国家 AAAA 级风景区。景区填补了枣庄市山村休闲旅游的空白，成为鲁南地区"南有古城，北有石村"的特色旅游名片。因为石头房子的特殊性，2012 年，翼云石头部落所在的兴隆村被评为"逍遥游——好客山东最美乡村"，2013 年 1 月入选第一批中国传统村落名录。

6. 青檀秋色

檀石一家，古韵悠长

"青檀秋色"为古峄县八景之一。据《峄县志》记载，青檀寺原建于唐代玄宗年间，原名云峰寺，因为山谷中长满青檀，后改名为青檀寺。每当秋风送爽，山谷中的枫叶变得火红，银杏树通体金黄，而遮天蔽日的青檀树冠依然碧绿。三种色彩叠映到清澈的青檀湖中，让人分不清哪是湖水，哪是披着彩衣的楚山、汉山，形成独特的"青檀秋色"。

青檀树为落叶乔木。在悬崖峭壁之上，一株株青檀扎根于岩壁石缝之中，青葱繁茂，傲然挺立，可谓壮美之极。千年古檀盘根错节，饱经风霜，已被大自然塑造成了艺术佳品。它们有的直生矗立，有的横生倒挂，根似蛟龙盘卧，枝叶似孔雀开屏，俊逸超拔，风姿奇特。有些树还有名字，如"孔雀开屏""凤凰展翅""蛟龙腾空""怀中抱子""樵子下山"等等，妙趣横生。这些古树生长在山崖的石缝中，靠着有限的营养顽强生存，并将自己的根系深深扎入石缝，与石头成为一体，很难分清哪是青檀树哪是青石，形成"檀石一家"

的奇观。

它们咬定青山，破石而出，在缺乏水土的峭壁间长成千年不老的参天大树。青檀树的顽强生命力，成为一种坚韧不拔、自强不息的内在精神之美。

"青檀秋色"被列为古峄县八景之一，是历代文人墨客及平民百姓观光览胜之地。寺前的大雄宝殿前有两棵雌雄合抱的千年银杏，主干直径两米，高三十多米。树下有一眼常年不涸的山泉。相传，青檀寺原先的厨房就建在泉口上，泉水经过客厅，厨师做好斋饭，放入托盘，再将托盘置于泉上，喊一声"来了"，泉水就把托盘冲进客厅，代替了小跑堂。于是此泉被命名为"跑堂井"。寺后有一座上书"金界"的石楼，传说岳飞在抗金战斗中患有眼疾，曾在金界石楼疗养。因此，此楼又称"岳飞养眼楼"。传说岳飞在养眼期间，曾填过一首《小重山》词，表达了当时复杂的心情。

"青檀秋色"独特的景色，吸引着古往今来的文人雅士来此赏景抒怀，饮酒赋诗。明朝隆庆年间，兵部右侍郎、文学家贾三近发起"青檀诗社"，青檀寺内的一座石碑上刻有"青檀

青檀秋色

诗社"文士的二十多篇诗作，从不同角度吟咏了青檀寺的美景。贾三近在《青檀山》诗中写道："尽日烟霞看不足，买田结社此山西。"其恩师桃源县丞、峄县宿儒王用贤吟道："白石清樽留客久，归来明月满霜林。"曾任峄县知县的何允济有"扶醉归来月色好，菊花插满夜将阑"之句。"青檀诗社"留下了许多美丽诗篇，其诗脉绵延至今。20世纪90年代以来，当地文学爱好者歌咏青檀及青檀寺的诗作即有百首左右。

7. 龟山风景区

奇特的地质公园

龟山，位于枣庄市市中区的孟庄镇境内，因山体形状酷似伏卧巨龟而得名。龟山海拔高度三百余米，山顶周围悬崖峭壁上，密布历代绿林豪杰设置的旗杆底座。龟山地区具有奇特的地貌形态，多奇峰、异石、溶洞、山泉，成为鲁南地区旅游、休闲的佳地。

龟山上密布人类从殷商到明清的活动踪迹，如镌刻精细的八卦图，香烟缭绕的紫云观，雄伟壮观的古山寨……山上峰雄石奇，林木茂密。春天花海一片，秋天硕果累累，一年四季郁郁葱葱。山下是周村水库，波光粼粼，扁舟摇荡，美不胜收。鲁南第一溶洞更令人称奇，溶洞全长六百多米，洞连洞，纵横交错。洞内钟乳石倒挂，石笋林立，滴水叮咚，石壁耸立，既奇妙又壮观。尤其是钟乳石和石笋，千姿百态，妙趣横生。

古寺庙后侧有栩栩如生的九龙石，并有形象逼真的凤尾石相伴，意为龙凤呈祥。传说，远古时代，龟山脚下有一海眼，整日喷水不断，成为一片汪洋，周围百姓无法安居乐业。玉皇大帝得知后，派龙王前去堵住海眼。于是龙王让九个儿子前往。九龙费尽周折，未能堵住。龙王大怒，要重罚九龙。此时龟山的龟王现身，让九龙的九位夫人左手持莲花，右手持龙剑，砍掉自己的尾巴，堵住海眼。九龙与九位夫人为感谢龟王，自愿在龟山陪伴龟王，于是化作九龙石和凤尾石，朝夕相伴。

　　龟山东部山崖间有一天然溶洞群，包括猪尾巴洞、贤良女洞等。其中以贤良女洞尤为奇异壮观。进入洞内，冷气森森。石笋耸立，钟乳石倒挂，有的形似巨兽，有的如灵巧的猿猴，

龟山风景区

有的像盛开的花朵。传说清同治元年（1862），僧格林沁率领八旗军与乡团合攻刘双印的幅军。在攻打龟山寨时，僧格林沁专门调来西洋大炮炮轰，可是炮弹连续三次都落地不炸。僧格林沁便找来当地颇有名望的风水先生指点迷津。先生掐指一算，原来是有贞洁女子在山上避难，上天怕伤及她。这名女子叫王玉环，峄县人，十三岁时与同邑王瑞堂订立婚约。未及过门，王瑞堂就得病身亡。王玉环不顾家人反对，毅然来到王家，尽孝婆母，被当地人称为"贤良女"。僧格林沁便指使人谎称她娘家有急事，诳其下山。王玉环刚下山，炮弹即炸开，幅军将士阵亡两千余人，龟山寨遂被攻破。等王玉环明白过来，为时已晚。她悲痛地跑到龟山的一个山洞中，撞壁而死。这个山洞被后人称作"贤良女洞"。这显然是一个民间传说，但反映出人们对当年幅军起义抗击清兵的态度。

从2015年开始，龟山桃花节都会在春季隆重举办。届时，万亩桃花漫山遍野争相怒放，龟山成为游客赏花踏青、欣赏美景的优选之地。

8. 莲青山

"旱海"奇观，有情之山

莲青山位于滕州市与山亭区交界处，集泰山之雄、黄山之奇、华山之险、峨眉之秀、青城之幽，有"山地景观大全"的美誉，是山东省首批地质公园、森林公园之一。

莲青山南部连绵起伏的群山之中有"旱海"奇观，岩石裸露，山峰锥立，远远望去，犹如一望无际的大海。这里在遥远的古代曾是一片汪洋大海，因地壳运动，海水退却，海底岩石裸露出来，后经风化、雨水冲刷等，逐渐形成"旱海"。"旱海"由两条南北走向的主山脉构成，中间形成盆地。奇石、彩石、怪石、巨石、象形石遍布山间，形态各异的石棚、石柱、石涧、石崖、石龟相聚一山。这里有好像情人相依的情侣石，有如同群仙相聚的聚仙石，有摇摇欲坠的飞来石。此外，还有"鹦鹉学舌""雏鸟展翅""孔丘讲学""鲤鱼探海""半仙石""鹰石""飞碟石""蛤蟆石""鳌子石"等等，可谓千姿百态，形象逼真，令人叹为观止。

山顶部有一块直径百米的花岗岩巨石，像莲花一样绽开，莲青山由此得名。岩石上有"仙爱青峰岭"五个遒劲有力的大字。顶峰东侧有一块约重三百吨的巨石，形似仙僧，盘坐于石崖之上，当地人称为"半仙石"。传说古时莲青山上有两位僧人，一老一少，常在山中采集人参等药草。一次，老僧离寺采药时，寺中小僧偷吃人参化仙而去。老僧返回寺中，喝了人参汤，化为半仙石留在山上。

莲青山被誉为"天下第一情山"，这里流传着众多的爱情故事。相传春秋战国时期，周敬王之女文静公主与一大将相爱并私定终身。周敬王与大将有隙，故不允婚。为了爱情，文静公主和大将带领兵丁私奔到莲青山，择其山势险峻，进可攻、退可守的地方，按王宫的格局，建了一座有外城墙、内城墙、三宫门、御桥、前殿、大殿、后殿、点将台等建筑的皇城，并在莲青山四周设立了五营四哨。此处被称为"皇城古迹"，位于莲青山西侧的密林深处，是莲青山的景中之景。

"谷翠双峰"，因谷中双峰并起、景色奇丽而得名，为"古滕县八大景观"之一。相传，古时候这里有一对青梅竹马的男女，男的叫谷郎，女的叫翠云。两个年轻人萌生了爱慕之情，后在乡邻的撮合下，两家定了亲。在拜天地的时候，一向不拘礼节的翠云站到了东边的上位。司仪告诉她不妥，让他们调换位置。翠云不从，谷郎对妻子的坚持也表示赞赏。此事惊动了谷姓族长，下令取消婚礼，解除婚约。后因谷郎顶撞族长，族长下令把他们逐出家门。翠云和谷郎不愿意离开家乡，遂变成了两座底部相连的山峰。这对有情人挑战男尊女卑的举动感动了村民，谷姓族长不得不宣布从此谷姓新人举行婚礼时，让新娘子居于东边的尊位。

莲青山的"旱海"奇观

"漫步探幽古皇城，牵手相约情人谷。"引来众多青年男女的"情人石"，也有一个美丽的爱情传说。相传古时候莲青寺中有一个聪慧的小和尚，和山上千年人参精变化的姑娘相恋，因遭到老和尚的反对，小和尚和人参姑娘出走不成，最终化为"情人石"。

莲青山不仅成为人们探幽寻胜、领略山地奇观的胜境，还是人们赞美爱情、珍视亲情、联络友情的佳境。

四

人文景观

1. 台儿庄古城

一个寻梦的地方

台儿庄古城位于京杭大运河的中段，坐落于山东省枣庄市台儿庄区的苏鲁交界地带。古城占地两平方公里，城内拥有三公里古运河河道和水街水巷，有十大主题街区、40座文化展馆、218栋精品院落、1088座单体建筑。古城内有古河道、古码头、中华古水城、台儿庄大战纪念馆、海峡两岸交流基地。古城被誉为"运河文化的活化石""京杭运河仅存的遗产村庄""中国民居建筑博物馆"，被评为国家AAAAA级旅游景区。

明代万历年间，京杭大运河改道，流经台儿庄，逐渐形成水旱码头和商贸重镇。一直到1938年大战之前，台儿庄经过几百年建设，不但有晋派、徽派、江南、闽南、岭南、鲁南等不同风格的建筑，还有近代西风东渐的欧式建筑，融合南北，贯通古今，建筑风格可谓多姿多彩。据《峄县志》记载，"台（儿）庄跨漕渠，当南北孔道，商旅所萃，居民饶给，村镇之大，甲于一邑"，呈现出"商贾迤逦，入夜一河渔火，歌声十里，夜不罢市"的繁荣景象。

1938年，举世瞩目的台儿庄大战打响。中国军队以五万余人伤亡、台儿庄古城被毁的巨大代价取得最终胜利，中华民族挺起不屈的脊梁。台儿庄大战胜利后，国民政府在《中央日报》宣布要重建台儿庄古城，但是由于种种原因，最终成了镜花水月。重建一座城，共筑一个梦，成了几代海内外华人的梦想。

2008 年 4 月 8 日，在纪念台儿庄大战胜利七十周年的活动上，枣庄市正式宣布启动台儿庄古城重建工作。古城重建过程中，遵循"留古、复古、承古、用古"的原则，让古城在原有面貌、形态、规制等历史基调上复活起来，实现文化的活态传承。重建工作人员历时三年，查阅了三十余部地方志，遍访古城八十岁以上老居民，收集了 130 多本史籍、380 多张老照片和 1279 本明清小说，在历史寻觅中一点点恢复古城面貌。复建后的台儿庄古城，85% 以上的建筑和街道还原了战争前的古城模样。"匠从八方来，共筑重生梦。"山西的木雕、徽派的砖瓦、泉州的构件、渔村的稻草汇聚到来自全国的三十多支古建筑队伍、两万多名工人、一千多名老工匠的手中。明清时期福建商人募资修建的天后宫，在复建时完全由泉州工匠操刀。为复原晚清鲁南民居"保寿堂"的雕刻，二十名老工匠精心雕刻了三个月。许多工匠当时已是八十多岁的老人，而且没有传人。因此有人说，台儿庄可能是最后一座"手工版古城"。施工"磨砖对缝"，要求严格。对于古城建筑的复原，重建工作人员严守这样的准则，即能找到地基的老房屋，就按照原地基确定方位重建；找不到地基的，以相邻房屋和测绘确定方位。有人说，台儿庄古城是"可以用放大镜挑毛病的古城"。

这座浴火重生的古城保留了五十三处战争遗迹，是世界上二战遗址较多的城市；拥有八大风格建筑、七十二座庙宇，是南北交融、东西合璧的文化名城；完整保存了古码头、古驳岸等水工设施，是被世界旅游专家称为"活着的运河"的运河古

台儿庄古城

城；拥有十四里水街水巷，是乘舟就能够遍游全城的东方水城；集"运河文化"和"大战文化"于一城，融"齐鲁豪情"和"江南韵致"于一域，是极具人文魅力的旅游目的地，是一个寻梦的地方。

2. 枣庄中兴国家矿山公园

百年民族工业的见证

枣庄因煤而兴。1878 年山东峄县中兴矿局创办，1908 年商办山东峄县中兴煤矿股份有限公司成立，成为中国历史上最早的完全由中国人自办的民族资本企业。自 20 世纪 30 年代，中兴公司就采用机械化采煤，成为仅次于日资抚顺煤矿、中英合资开滦煤矿的全国第三大煤矿，也是其中唯一以民族资本运营的以煤为主、多业发展的综合性企业。新中国成立后，中兴公司更名为枣庄煤矿。1999 年 6 月，枣庄煤矿由于资源枯竭实施关井转型，2001 年 8 月重组为新中兴公司。历经百年沧桑，中兴公司、枣庄煤矿留下了枣庄煤矿办公大楼、配楼、东大井、南大井、北大井、机务处、电厂、老公司、东过车门、西过车门、台枣铁路、老洋街、枣兴堂、电光楼、老火车站、国际洋行及采矿工具、史籍等诸多矿业遗迹和与矿业活动有关的人文景观。

中兴煤矿公司办公楼被老枣庄人称为"飞机楼"，是中国"活着的民族工业"的代表、百年中兴的历史地标。办公楼建于1923年，由德国设计师设计，具有欧洲哥特式建筑风格，为东西走向的两层建筑，大坡度红瓦屋面，层高四米，总建筑面积2813平方米。整体呈象征胜利的英文字母 V 形，飞机形状的巧妙设计，象征着公司的腾飞。这座建筑是中欧文化结合的产物。整座大楼主体朝向南方，但偏西五度。据说当年在建这座楼时，南边有条正南正北的中新街（今中心街），因为中国建房有房门正对马路不吉利的说法，于是出现了偏西的设计。1946 年，因战争大楼遭到破坏。1953 年，中兴公司照原样进行了修复，称枣庄煤矿办公大楼。据说公司决定请郭沫若来题写矿名，郭老回信是空白的。公司的领导心领神会，楼体上的"枣庄煤矿"四字是从郭老信封上拓下来的。"飞机楼"已被山东省政府确定为省级文物保护单位，得到了应有的保护。

高耸的矸石山承载了风雨中兴的百年记忆，却严重污染环境，还随时有爆燃、滑坡的风险。本着传承与发展的理念，政府筹措资金，综合治理矸石山，修复区域生态。对矸石山主体进行平顶削减，由 100 米降至 68 米，同时采用灌注泥浆包裹废渣的方法，保证安全和稳固结构。开展覆土绿化，通过在山体表面栽植苗木，为矸石山穿上绿衣，最大限度增加绿化面积，降低扬尘污染，同时达到固定山体、防止流失的作用。将取土后形成的水坑改造为24300平方米的人工湖，使矿山公园在空间上发挥城市"绿肺"作用。中兴国家矿山公园保留了矸石山这一城市历史记忆和工业遗存，又消除了安全隐患，有效改善了城区北部的生态，提升了城市品位。

建设核心景区，带动产业转型。以国家矿山公园为轴心，通过中兴历史人物青铜塑像群、中兴历史主题广场、中兴历史浮雕画卷等特色建筑，重现"百年民族工业"中兴公司的发展历程和辉煌，将矿区工人运动发展史和枣庄地区第一个党支部成立的过程以点带面地进行展示，着力宣传矿区红色文化，打造红色文化景区。利用中国民族工业发祥地、中国第一支股票诞生地等品牌效应，提升红色工业旅游项目的品牌知名度。抓住中兴煤矿旧址入选"双国保"单位等契机，实施二十余处中兴公司遗留矿业遗迹资源整体改造提升工作，打造特色历史文化新地标。

中兴煤矿国家矿山公园是国土资源部公布的第二批国家矿

枣庄中兴国家矿山公园

山公园之一，2018年1月，入选第一批中国工业遗产保护名录。

3. 台儿庄大战纪念馆

中华民族扬威不屈的丰碑

1986年，电影《血战台儿庄》公映，引起轰动，小城台儿庄也名传海内外。

1938年，抗战到了关键的时期。从七七事变开始，半年间京沪、平津失守，山东省政府主席韩复榘又弃守黄河，不战而逃，中国东部精华之地丧失殆尽。此时如不能阻止日军的长驱直入，中国抗战局面将会不可收拾。一时间战争的焦点集中在李宗仁将军指挥的第五战区——津浦、陇海铁路交会的徐州，这里成为关乎抗战成败的关键之地。台儿庄古镇因处于运河咽喉、徐州前沿，成为会战的核心。

中国军队经过二十余天浴血奋战，以伤亡五万余人的代价，取得了毙伤日军一万余人、打退日军进攻的战果，取得了震惊中外的"台儿庄大捷"。台儿庄战役的胜利有着重大的历史意义，此次战役不仅歼灭了大量日军有生力量，更是严重地挫伤了日军的气焰，是中华民族全面抗战以来，继长城战役、平型关大捷等战役后，中国人民取得的又一次胜利，是一次成功的多兵团联合反击战。它用事实证明了"持久消耗战"的可行性，振奋了全民族的抗战士气，坚定了国人抗战胜利的信念。

"一寸山河一寸血。"为纪念"台儿庄大捷"的丰功伟绩，以慰国殇，以昭来者，1992年10月12日，经中宣部批准，台儿庄大战纪念馆由台儿庄区人民政府奠基兴建。1993年4月8日，台儿庄大战纪念馆正式开馆。2005年至2008年，台儿庄大战纪念馆又进行了扩建。2008年，扩建后的台儿庄大战纪念馆对外免费开放。1997年6月，被中宣部评为全国百家爱国主义教育示范基地之一。2014年8月24日，台儿庄大战纪念馆被国务院列入第一批国家级抗战纪念设施、遗址名录。

台儿庄大战纪念馆主体建筑前方矗立着台儿庄大战纪念碑，碑名由国防部原部长张爱萍题写，碑文由时任全国人大常委会副委员长程思远撰写、书法家权希军书写。纪念馆主体部分融陈列馆、全景画馆、战地记者馆、无名英雄墓、国防教育园于一体。

全景画馆是一个十八边形的筒式建筑，高28米，直径43米，建筑面积3100平方米。"血战台儿庄"全景画馆包括绘画、地面塑形、灯光、音响和解说五个部分，艺术再现了中国军队在台儿庄以阵地战、运动战、游击战痛歼日军，浴血搏杀，直到取得胜利的战斗过程。巨幅画面与逼真的塑形有机结合，配有特殊灯光、立体音响，战斗气氛极为浓烈，给人以身临其境之感。

占地面积1500平方米的战地记者馆主要展播当年外国和国内战地记者拍摄的珍贵照片和影视资料。这是全国首家为战地记者建的纪念馆。

无名英雄墓前有一巨大的人像雕塑，雕塑前安葬了两名在台儿庄大战中牺牲的无名英雄的遗骸。两名无名英雄是2011年9月台儿庄古城重建开挖地基时发现的，一个三十五岁左右，

一个二十五岁左右。两位无名英雄奉献出了自己年轻宝贵的生命，长眠地下几十年才被人发现并安葬。

台儿庄大战纪念馆融历史再现、文物陈列、爱国教育等于一体，全面而翔实地为人们再现了当年台儿庄大战的过程，是了解抗战历史的重要场所。

4. 铁道游击队纪念园

传唱"那动人的歌谣"

铁道游击队纪念园位于枣庄市薛城区临山路东首，是以纪念铁道游击队事迹为主基调，集教育、游览于一体的国家AAAA级旅游景区。铁道游击队纪念园是全国第三批爱国主义教育示范基地之一，也是广大党团员接受党性教育的基地。

铁道游击队是一支由中国共产党领导的抗日武装力量，先后隶属八路军第一一五师苏鲁支队、八路军鲁南军区。他们挥戈于百里铁道线上，出没于万顷微山湖中，依靠群众，运用游击战术，劫军列，打洋行，扒火车，炸桥梁，打得日伪军魂飞胆丧，奏响了民族救亡的强音。铁道游击队开辟了华中、山东赴延安的通道，在风险重重的情势下，护送刘少奇、陈毅、罗荣桓、萧华等首长和千余名指战员安全过境到达延安。他们开展了形式多样的游击战，出其不意地打击日军，谱写了以小搏大、以弱胜强的光辉篇章。

铁道游击队纪念馆是铁道游击队纪念园的核心建筑，由中国工程院院士崔恺团队采用"碑馆合一"的空间布局方式进行规划设计，长158米，总建筑面积约1.15万平方米，展陈面积约6000平方米，全面展示铁道游击队英勇不屈、浴血抗战的传奇历史，激励人们继续弘扬"赤诚报国、不怕牺牲、机智灵活、勇于亮剑"的斗争精神。如今，铁道游击队纪念馆已成为枣庄及其周边地区的党性教育基地和爱国主义教育、党史教育、青少年思想道德教育的基地。

铁道游击队党性教育基地围绕"立足枣庄、面向山东、辐射全国"的一流党性教育基地发展定位，深入挖掘铁道游击队红色资源。以"参观一次纪念馆、聆听一堂党史课、重温一次入党宣誓仪式、齐唱一首红色经典歌曲、观摩一次《沙沟受降》红色情景剧"等为主要教学内容，面向党政干部、青少年学生以及其他游客团体广泛开展党性教育、党史学习、爱国主义教育、革命传统教育、思政教育和国防教育。最有代表性的就是红色情景剧《沙沟受降》。抗战胜利后，铁道游击队与敌人斗智斗勇，不费一枪一弹，成功迫使一千五百余名日军正式投降，此举在中国抗战史上留下了浓墨重彩的一页，并将永载史册。

铁道游击队党性教育基地已经被列入国家首批抗战纪念设施遗址、全国爱国主义教育示范基地、全国红色旅游经典景区、山东省委党校现场教学基地、山东省红色研学基地、山东省国防教育基地等。

影视城是为红色经典电视剧《铁道游击队》拍摄而建，于2005年1月竣工。依山而建的南圩子、大兵营、枣庄东升武馆、鸽子楼、德顺兴药店、西门、三星楼、正泰国际洋行、万福楼、大东旅社、义和炭场、同乐戏院、炮楼、大牌坊等建筑物，具有鲜明的清末民初建筑风格，再现了当年老枣庄的历史风貌。

铁道游击队因小说《铁道游击队》而扬名，再经影视剧的改编，名声更为响亮。作家刘知侠曾两次冒着生命危险，穿越敌人封锁线，采访游击队队员，并与他们一起生活和战斗，历经十年，创作了长篇小说《铁道游击队》。小说被拍摄成电影、电视剧，铁道游击队的故事风靡全国。

"西边的太阳快要落山了，微山湖上静悄悄。弹起我心爱的土琵琶，唱起那动人的歌谣……"熟悉的旋律把我们带回铁道游击队的故事里。而今，硝烟散去，但他们英勇无畏的英雄事迹仍激励着一代又一代后人，"那动人的歌谣"将永远传唱。

5. 八路军抱犊崮抗日纪念园
展现鲁南抗日根据地的光辉

八路军抱犊崮抗日纪念园位于枣庄市山亭区北庄镇双山涧村，占地面积29.33亩，是国家科学教育基地、国务院宣布的第二批抗日战争遗址和省政府命名的国防教育基地、山东行政学院教学研基地、省级国防教育基地、爱国主义教育基地、党史教育基地。

1939年9月，为扩大鲁南抗日根据地，八路军第一一五师第六八六团由鲁西出发，于9月初进入抱犊崮山区。8月上旬，由王秉璋、黄励率领的师部机关、直属队由费县南下，于9月1日到达抱犊崮山区大炉。八路军第一一五师挺进抱犊崮山区以后，指导成立中共鲁南区党委，指示建立抗日民主政权，统一整编地方抗日武装，全面开展组织建设、军队建设、政权建设、经济建设、文化建设、统战工作。以抱犊崮为中心的鲁南抗日根据地进一步发展壮大。罗荣桓在此提出的"翻边战术"——"敌人打到我们根据地来，我们就打到敌人后方去"，成为山东抗日根据地武装在反"扫荡"中主动打击敌人的经典战术。

八路军一一五师自1939年9月挺进抱犊崮山区，在最艰苦的岁月里，与人民心连心。根据地群众坚决跟党走，始终如一支持八路军，军民鱼水情铸成抗日的"铜墙铁壁"。抱犊崮抗日革命根据地成为鲁南第一个县级红色政权诞生地，是八路军第一一五师司令部所在地、著名的"翻边战术"孕育地、指导山东抗战"六字方针"的制定地，是令敌人闻风丧胆的铁道游击队的大后方和指挥部，是华北连接华中根据地的枢纽，是华中至太行山以至延安的红色通道，号称山东的"小延安"。

为了纪念八路军第一一五师的丰功伟绩，山亭区修建了八路军抱犊崮抗日纪念园。走进纪念园，首先映入眼帘的便是高高耸立的"八路军抱犊崮抗日纪念碑"。纪念碑高 19.39 米，寓意第一一五师于 1939 年进驻抱犊崮山区。碑体设计为两把钢枪靠在一起，既是一个"八"字，又是一个"人"字，寓意八路军第一一五师扎根抱犊崮山区，与鲁南人民共同抗战。碑体中间正面镶嵌"八路军抱犊崮抗日纪念碑"十一字，背面镶嵌"人民英雄永垂不朽"红色大字。碑体顶端缀有红色五星，

八路军抱犊崮抗日纪念园

寓意八路军和鲁南人民的革命精神永远照耀抱犊崮山区。除了纪念碑外，纪念园还建有打靶场和练兵场，均以铭记历史、缅怀先烈、珍视和平、警示未来为设计主旨，丰富和完善了纪念园的主题纪念功能和体验参与功能。最能体现纪念园特色的当数它的十三个展室，展室以抗战时期的山村旧址为基础，以光荣的革命历史为背景，以抗日文化、民俗文化为主体内容，重点展现着抱犊崮抗日革命根据地的历史场景。园区建有八路军一一五师纪念馆、一一五师政治部、一一五师司令部、王麓水纪念馆、鲁南区党委、鲁南行署、鲁南军区七个历史展馆，还建有抱犊崮剧社、八路军抗日夜校、八路军被服厂、枪械所、八路军食堂、八路军军粮作坊等功能性场馆。

八路军抱犊崮抗日纪念园是缅怀革命先烈、追忆抗战历史的纪念场所，也是开展群众路线教育实践活动和爱国主义教育的重要载体。

6. 中共苏鲁豫皖边区特委联络站旧址

煤城的秘密红色联络点

枣庄市市中区鲁南商城南马道路段有一座高七米、长五米、宽五米的青砖结构二层小楼，这里曾是中共苏鲁豫皖边区特委的秘密联络站——中西药品运销合作社。

1932年夏，枣庄煤矿大罢工失败后，枣庄地区党的负责人田位东、郑乃序英勇牺牲，党组织遭到破坏，革命处于低潮。而此刻身在矿区白色恐怖下的邱焕文，在与上级党组织失去联系的情况下，仍坚持党的工作，把家中仅有的二十亩田产卖掉，在枣庄南马道街购买了一座二层小楼房，以开设"同顺兴"中药店作掩护，暂时隐蔽起来，等待新的革命时机。为了恢复和发展党的地下组织，继续开展工人运动，徐州特委派特委委员郭子化到枣庄开展工作。具有丰富斗争经验的郭子化很快找到了"同顺兴"中药店，煞费苦心地用"祖传秘方"为接头暗号，暗示出邱焕文的出生时间、重要经历和党员身份等信息，顺利与邱焕文取得了联系。"同顺兴"中药店便成为继同春堂、广仁医院之后，矿区党组织的第三个秘密联络站。1934年4月，枣庄党组织决定将邱焕文"同顺兴"中药店与李韶九开办的"中美商社"合并，成立了中西药品运销合作社，作为党组织的秘密联络站，李微冬任董事长，邱焕文任经理。这是当时鲁南医药界最大的药店，生意一度很红火。中西药品运销合作社成为党在枣庄的重要活动场所。1935年初，枣庄七十余家药店、医院讲一步联合，成立了枣庄医药公会。整个鲁南医药界成为枣庄党组织和地下革命活动的重要掩护，医药公会的活动中心仍然是中西药品运销合作社。1937年10月，鲁南中心县委在此成立，中西药品运销合作社又成为鲁南中心县委重要的活动场所。县委书记何一萍经常在此落脚，并以此为隐蔽据点，领导矿区党组织同国民党反动派、日寇、汉奸斗智斗勇，展开了艰苦卓绝的地下斗争。直到1938年3月日军占领枣庄前夕，鲁南中心县委机关撤离枣庄，中西药品运销合作社才完成了它的历史使命。

中西药品运销合作社既是邱焕文同志的家产，也是枣庄地

中共苏鲁豫皖边区特委联络站旧址

区重要的革命旧址，是枣庄党史重要纪念地之一。1991年，市中区实施旧城改造，作为枣庄重要革命遗址的中西药品运销合作社得到了有效保护，被翻新重建。一楼大厅中安放了邱焕文的铜像，二楼陈列着郭子化、丛衍瑞、张光中、丛林、邱焕文等革命先驱在革命斗争时期的图片，展示了枣庄中共早期党组织在极其险恶的环境中，传播马克思主义、播撒革命火种的历程。1992年，中西药品运销合作社旧址被山东省人民政府公布为省级重点文物保护单位。1996年，枣庄市委将修缮一新的中西药品运销合作社的产权交还给邱焕文的子女。邱焕文的子女高风亮节，将其捐赠给枣庄市委，最终由市委党史研究室负责遗址的日常管理。

作为省级爱国主义教育基地、党史教育基地、枣庄关心下一代教育基地，而今遗址面向公众开放，向人们讲述这座小楼作为中共苏鲁豫皖边区特委秘密联络站的红色故事。

7. 滕州汉画像石馆
会讲述历史的石刻

滕州汉画像石馆位于滕州龙泉文化广场，馆藏汉画像石四百七十多块，集收藏、保护、陈列于一体，是全国最大的县级汉画像石艺术陈列馆。汉画像石馆馆名由著名书法家王学仲先生手书。滕州汉画像石馆建在文化广场的中轴线上，与广场文化融为一体。2020年12月，滕州汉画像石馆入选第四批国家一级博物馆。

汉画像石是汉代人们制作的雕有画像的墓石，其风格独特，雕刻技法从浅浮雕、高浮雕到阴线刻无不反映汉代雕刻的大气与细腻，画面内容涉及汉代社会的各个领域，被称为"汉代社会的缩影"。著名的《牛耕图》《冶铁图》《纺织图》蜚声史学界。

《牛耕图》中，一人扶犁，一牛一马耕田，后面一人使牛拉一横长器物，正在耙田碎土；画面左边有人挑食而来，另有三人正手挥锄头耘田锄草，其后一人抱篓播种。整幅画面表现了畜力耕田、平整土地、播种、耘田的劳动过程，反映了汉代滕州的农业生产技术。被国家博物馆收藏的《纺织图》中，左右各有织机一架，中间放置络车、纬车，表现了摇纬、络线、织布的操作场面,栩栩如生地再现了织女的劳作生活。三块《冶铁图》画像石则表现了锻打兵器及铁质工具的情景,图中有人在操作鼓风设备,有人执锤打制铁器,有人在测试兵器是否锋利。

在官桥镇善庄出土的西汉晚期庖厨画像石中,左上角桔槔支架上悬挂火腿,一人割肉,旁有一待宰之犬;右上方一人跪迎三位宾客;中间一人席地而坐,面前置一几,几上摆放盘碗;左下方置一灶,一人烧火,旁边一人在釜中炒菜;右方有人摆餐具,二人端盘。汉画石像既反映了当时豪强地主的奢华饮食,又很好地展现了我国古代的饮食文化。

馆藏一级文物《执笏图》于 1978 年被滕县博物馆收藏。该画像石为东汉执笏官员祠堂画像石,纵 93 厘米,横 24 厘米,厚 12 厘米。据有关资料介绍,该汉画像石从东堌城出土后,曾一度被城头村的一宋姓村民收藏。据说,有人闻讯多次登门求石,可不论给多少钱,宋家都没出手。即使到了灾荒年,为了养家糊口,宋家宁肯拓几幅拓片卖,也没舍得卖石头。日本

滕州汉画像石馆

110

侵华期间，日军到处搜寻文物。为了躲避搜查，宋家把画像石偷偷垒进了猪圈墙里，这才使画像石躲过一劫。1978年，宋家人将汉画像石无偿捐献给了滕县博物馆。

滕州汉画像石的题材可分为社会现实生活类、神话故事类、奇禽异兽类和历史人物故事类。汉画像石在内容上包罗了汉代社会生活的各个方面，被称为"汉代社会的缩影"。在艺术上，滕州汉画像石的雕刻技法多样，不拘一格。画面构图也独具特色，既有布局简单疏朗的画面，也有细致繁密、重叠分层的手法，形象生动，被誉为"东方艺术的瑰宝"。

8. 滕州市博物馆

这里是国家一级博物馆

滕州市博物馆新馆位于龙泉广场东北侧、荆河西岸，为龙泉广场文化建筑群"一塔六馆"的重要组成部分。滕州市博物馆是全国仅有的四家县级国家一级博物馆之一，馆藏文物五万余件，其中国家一级文物五十八件，涵盖了各个历史时期。2015年2月，滕州市博物馆成功入选山东省"十佳博物馆"。

滕州市博物馆的前身为滕县文化馆于1956年设立的文物陈列室。1958年，滕县博物馆成立，设三个陈列室，并有石刻碑廊一处，收藏文物五百余件。1986年，滕县博物馆迁入文物保护单位王家祠堂。1987年元旦，文化部原副部长周巍峙亲临揭幕，滕县博物馆正式对外开放。1995年，迁至滕州市学院路 82 号。2020 年初，滕州市博物馆新馆建成并全面对外开放。

新馆陈列的文物以滕州的历史为主线，由"文明曙光""三国五邑""泱泱汉风""滕韵绵长""峥嵘岁月"五个部分组成，介绍了从新石器时代早期的北辛文化到解放战争时期，长达七千多年的地域发展历史，集中展示了滕州各个历史时期的发展，真实再现了滕州地区历史发展的进程，使人真切感受到滕州七千五百年深厚历史文化底蕴的魅力。

博物馆有以北辛文化、商周青铜器、玉器为特色的馆藏精品，尤其以数量众多、纹饰精美、铭文丰富的商周青铜器享誉全国。馆藏精品滕侯鼎、不其簋、人面纹玉饰三件文物入选百件"齐鲁瑰宝"。镇馆之宝"滕侯鼎"入选"丝路百馆百物"。1982 年 3 月，滕州市（原滕县）姜屯公社庄里西村的社员取土时，在距地表深四米处发现一座古墓，出土有鼎、簋、鬲、壶等六件珍贵文物，均为西周早期滕国之器，滕侯鼎便是其中之一。西周滕侯鼎的造型有诸多奇特之处。常见的鼎一般有方形和圆形两种制式，但该鼎却介于方圆之间。鼎口四角均呈圆弧形，而口边又为直线形，且前后两面较长，左右两面稍短，口呈圆角长方形；其次是附有鼎盖，鼎口设计巧妙，为子母口，上加盖，盖顶置卷龙状四小钮；更为独特的是，该鼎的鼎盖及鼎身内部分别铸有内容完全相同的铭文"滕侯作宝尊彝"两行六字，被文物界专称为"对铭器"，实属罕见。

西周不其簋于 1980 年出土于滕州市后荆沟村"居龙腰"遗址一西周残墓中。器身椭圆，子母口带盖，盖呈腹盘状，盖顶有圈足形提手，腹部铸有对称兽首附耳，有珥。圈足外铸三个伏兽形足。盖及器身饰瓦纹和窃曲纹，顶饰蟠龙纹，圈足间饰重环纹。器内底部铸铭文十二行，共一百五十一字，其中重文三字。

人面纹玉饰已有六千多年前的历史，是一件难得的古代艺术品，2015 年入选"齐鲁瑰宝"。人面纹玉饰，玉质深褐色，高三十二厘米，宽三十九厘米，体扁平，呈四边略外凸的方形，背部中央有一垂直的凸脊，脊上有一横穿，可供穿系。其正面阴线刻出人的面部和五官，面部做正视状，以阴线刻橄榄形眼眶，眶内刻一横线作目，双目横连，以一阴线刻等腰三角形作鼻。口为一阴线刻短横线。面部表情安详，虽五官比例不甚协调，但轮廓俱现，为大汶口文化时期较早的人面纹玉饰，1976 年在滕州市东沙河镇岗上遗址出土。人面纹玉饰是彰显身份权力的信物，当然也不排除是原始社会异性之间表达爱慕的产物。

滕州市博物馆对弘扬滕州历史文化，打造历史文化品牌，彰显古滕文化魅力，起到了巨大的推动作用。

滕州市博物馆　　　　　　　　　　滕侯鼎

113

9. 枣庄市博物馆

枣庄文脉的殿堂

枣庄市博物馆有东、西两个馆区，东馆区在市中区龙庭路上，展陈主要有枣庄历史文化陈列和汉画像石陈列；西馆区位于薛城区和谐路和永兴路交界处，主要展陈为枣庄通史陈列，共分"鸿蒙初辟""诸侯并起""廪实知礼""工商肇启"四大部分，以时间为轴，全方位介绍七千五百年以来枣庄特色鲜明的地域文化。

枣庄市博物馆于 1984 年设立，前身是 1977 年成立的枣庄市文物管理站。东馆区于 1989 年 9 月建成并对外开放，西馆区于 2023 年 4 月试运行，是全市文物收藏、研究、陈列、展示和教育中心。建馆以来，枣庄市博物馆的文物藏品由最初的几百件，发展到现在涵盖除甲骨、皮革之外的所有文物门类，共 16000 余件（套），其中国家一级文物 63 件（套），二级文物 82 件（套），三级文物 263 件（套）。

枣庄市博物馆建馆以来，先后参与了数十次重大考古发掘项目，其中比较重要的有：1985 年至 1986 年的市中区渴口汉墓群发掘清理，这是枣庄市博物馆成立以来第一次独立进行的考古发掘；1987 年的薛城区邹坞镇中陈郝窑址发掘清理，这是枣庄市博物馆第一次与山东大学合作开展的考古发掘，出土的北朝晚期青瓷片纠正了学术界以往"南青北白"的既有认识，奠定了中陈郝窑在中国瓷器烧造史上的重要地位；1990

年的市中区永安镇小山墓群发掘清理，出土了西汉早期汉画像石，将汉画像石产生的历史向前推了近百年；1991 年的薛城区临山汉墓群发掘清理，出土了极其罕见的壁画墓；1991 年和 1992 年的峄城区峨山镇二疏城遗址考古发掘，这是枣庄市博物馆第一次与中国社科院考古所联合开展的考古发掘，出土各类文物五百余件；2002 年的东江遗址抢救性发掘，清理了六座东周贵族墓葬，出土了震惊国内外的小邾国文物 233 件（套），其中铭文青铜器 24 件，破解了小邾国千年之谜，是该馆最为重要的考古发现；2009 年的峄城区徐楼村东周贵族墓葬发掘清理，出土各类文物 259 件（套），其中铭文青铜器 9 件，铸镶红铜青铜器 7 件，这是目前中国考古界一次性出土铸镶红铜青铜器最多的考古发掘。

枣庄市博物馆馆藏珍贵文物主要有东江遗址小邾国贵族墓地和徐楼东周贵族墓地出土的铭文青铜器，以及汉代铭文石刻、明清字画等。

其中，2002 年东江遗址一号墓出土的铭文青铜器瓷父瓶，口径 14.2 厘米，腹径 18 厘米，通高 26.4 厘米。器呈鸟卵形，盖顶有一圆饼形立钮，子母口，沿部有四个对称的贯耳，圆鼓腹，尖底。盖、器对铭"霝父君瓷父作其金瓶，眉寿无疆，子子孙孙永保用之"。这是一件父亲给女儿出嫁制作的媵器，饱含了父亲对女儿远嫁的深深祝福和殷殷期望，是东周时期青铜器铸造技术的巅峰之作，国内也十分罕见。

2002 年东江遗址二号墓出土的邾君庆壶，盖径 14.4 厘米，腹径 25.5 厘米，腹深 32.8 厘米，通高 46.5 厘米，共两件，形制、纹饰及铭文相同。盖、器同铭："邾君庆作秦妊醴壶，其万年眉寿，永宝用。"（大意为：邾君庆为秦妊做了一件盛美酒的壶，期盼她当作宝贝永续利用。）该墓还出土了四件铭文为"郳庆作秦妊羞鬲，其永宝用"（大意为：郳庆为秦妊做了一件盛装珍馐美味的鬲，希望她永续利用）的青铜鬲，口径18.9厘米，腹深7.8厘米，高15.4厘米。这六件铭文青铜器均为小邾国国君邾庆（郳庆）为其夫人秦妊所作。通过铭文比对，确认邾君庆就是郳庆，证明历代文献中记载的小邾国就是郳国，是一国两名。

宋公鼎是2009年峄城徐楼东周墓葬一号墓出土的列鼎，共三件，形制、纹饰、铭文相同，仅大小有别，均有盖。其中最大的一件口径32.8厘米，腹径34.8厘米，腹深12.4厘米，通高26.6厘米，盖面和腹内壁铸有相同铭文，共五列二十八字："有殷天乙唐（汤）孙宋公圝（固）乍（作）浅（滥）叔子餴鼎，其眉寿万年，子子孙孙永保用之。"大意是："来自遥远殷商后裔的宋国国君宋共公固为宋国的三公主远嫁滥国铸造了这件宝鼎，希望她给滥国国君生儿育女，多多益善，并作为传家宝传承后世，永续利用。"铭文反映的是东周时期中原大国与东夷小国的政治联姻，学术价

金父瓶

116

值极大，填补了文献记载的缺失。

此外，馆藏的东汉熹平三年（174）残碑、明文徵明《山水图轴》、清慈禧太后的《梅兰图轴》以及方济众、何海霞、魏紫熙等近代书画名家精品力作等，均为珍贵藏品。

秉持着"保护第一，加强管理，挖掘价值，有效利用，让文物活起来"的新时代文博工作理念，枣庄市博物馆——枣庄文脉的守护者必将迎来更加辉煌的明天。

五

文物遗址

1. 北辛遗址

北辛文化命名地

北辛遗址位于滕州市官桥镇北辛村北薛河故道南岸，原为一台形高地，面积约二十五万平方米，1964年田野调查时已被发现。1978年冬和1979年春，中国科学院考古研究所山东队对北辛遗址进行了考古发掘，出土了一批风格独特的文物遗存，获取了一批重要的考古资料。随着该类型遗址在以泰山为中心的海岱地区不断被发现，学界对其文化面貌也有了更加全面而清晰的认识，一致认为北辛文化时期是黄淮海地区史前承上启下至关重要的一个阶段，是大汶口文化的源头。北辛文化的发现，将海岱地区史前文明向前推了一千多年，并被写入了中国的历史教科书。

研究证明，北辛文化时期的农业已脱离刀耕火种的原始模式，出现了较为先进的锄耕技术，初步具备了较完备的生产工序。北辛遗址不仅出土了大量的翻土工具——方头石铲，还出土了用于粟、黍等谷物脱粒的石磨盘、石磨棒等，这时原始的种植业已成为先民获取生活资料的主要来源。

从出土的文物中，人们发现，北辛文化时期的制陶业有了较大进步，尽管仍以手制为主，但制陶工艺更加复杂化、程序化，从陶土的淘选、羼和料的添加、器体的成形到最后烧制成型等，已形成一套完整的制作流程。以夹砂红陶鼎、红陶钵等容器为代表，部分陶器刻有指甲纹、戳印纹等简单的纹饰。大型器物多采用泥条盘筑法，小器物则直接捏塑而成，部分则可能采用模制法。简单的轮制技术或许已出现。陶器的硬度因烧制温度的提高而更加坚硬。

北辛文化时期的生产工具多采用石、骨、角、牙和少量贝壳加工而成，种类繁杂，数量较多，功能趋向专业化。而北辛遗址发掘出土了一千余件各类石器，数量几乎占到了所有出土文物的一半。有的学者通过研究分析，认为北辛遗址极有可能是那个时期整个薛河流域的石器制造和销售中心，供给着这一区域其他聚落生产工具，因此有着极其重要的学术价值。

据中国国家博物馆和山东大学 2010 年至 2015 年联合进行的薛河流域系统考古调查报告分析，北辛文化时期的薛河流域聚落总数约有八处之多，且多数紧邻或靠近古薛河主干道，少数靠近薛河支流，总休分布较为均匀，相邻聚落间距多在二至四千米，少数可达七千米左右或更远。古代先民们就这样守望相助，共同传承着薛河流域的文明之火。

夹砂红陶鼎

2006 年 5 月，北辛遗址被国务院公布为第六批全国重点文物保护单位。2021 年 10 月，北辛遗址入选山东百年百项重要考古发现。

2. 岗上遗址

大汶口文化时期的城邦遗韵

20 世纪五六十年代，山东省文物管理处、山东大学历史系和中国科学院考古所山东队等单位，在滕县进行了一系列考古调查。尤其是 1952 年至 1953 年，王献唐等在陈岗村发现了彩陶片，结束了山东无彩陶文化的历史。而岗上遗址的发现与命名，则跟滕州籍的山东大学著名教授张知寒先生有关。1954 年夏，张知寒以优异成绩考取山东大学历史系。入校后的张知寒师从名家，如饥似渴地学习钻研，学业突飞猛进。1955 年夏，他利用假期进行了社会调查，在滕县陈岗村漷河两岸，偶然发现了部分红烧土、人骨、磨光石器以及彩陶残片等。他将这些珍贵的文物标本带回了山东大学，引起历史系师生们的浓厚兴趣。山东大学派刘敦愿教授率队到陈岗村进行实地调查和发掘，证实了这个文化遗址在考古学上的重要学术价值。"岗上遗址"与四年之后发现并声名大噪的"大汶口遗址"是同类型考古遗存，如果机缘巧合，这一史前重要文化类型应该被称作"岗上文化"，也许就没有现在如雷贯耳的"大汶口文化"这一称谓了。

岗上遗址位于滕州市东沙河街道陈岗村村东的漷河两岸，这里是低缓的丘陵地带。2018 年至 2019 年，山东省文物考古研究院对岗上遗址进行了全面的考古勘探。勘探结果显示，该遗址总面积约八十万平方米，以大汶口文化中晚期遗存为主，延续至商周秦汉，城址内有面积可观的广场这样的公共空间，还有排列有序的居住址，城内城外都有墓地。2020 年，"考古中国——海岱地区古代文明化进程研究"项目正式立项并启动，岗上遗址位列其中，成为中华文明探源工程海岱地区的重要支点，意义重大。

古代墓葬是研究岗上遗址当时社会状况的最重要的资料之一。2021 年发掘的岗上遗址南部区域共清理墓葬十六座，分布集中，排列有序，规律分布，均为土坑竖穴墓，头向东，墓葬差异较大，显示出强烈的等级分化现象。根据墓葬规模、葬具以及随葬品差异，可分为大、中、小型三类。中小型墓葬随葬品主要为陶器，也有少量石质生产工具。而大中型高等级墓葬，则有大量陶器以及高等级玉器出土。其中一座四人合葬大墓葬式较为特殊，葬具结构复杂，并有头箱和边箱，在熟土二层台、头箱、边箱上随葬了各种陶器、玉器等文物 355 件（套），极尽奢华。特别是四人均随葬有象征部落军权的玉钺，从中可明显看出身份等级的差异以及安葬排列顺序。这些文物遗存为研究大汶口文化晚期社会分层、权力组织结构、葬俗及礼制起源提供了珍贵材料。初步研究表明，岗上遗址无论是规模范围还是内部结构，都证明该遗址在这一区域具有中心聚落的特殊性质，中心位置凸显，是距今五千年前后人类社会复杂化进程的重要历史见证。

岗上遗址还是目前发现面积最大的大汶口文化城址，对研究海岱地区文明进程和早期东方国家起源具有重要意义。作为史前时期的城址，岗上遗址证实了中国五千年文明的起源和发

岗上遗址

展。随着相关考古工作的持续开展，岗上遗址必将带给我们更多的惊喜，因此我们也可以把岗上遗址称为大汶口文化时期的"旗舰遗址"。

2019年10月，岗上遗址被国务院公布为第八批全国重点文物保护单位。2022年3月，岗上遗址入选2021年度全国十大考古新发现，这也是枣庄市第二次获此殊荣。

3. 建新遗址

古水井讲述五千年前的农耕文明

建新遗址位于枣庄市山亭区伏里村村北，东、南、北三面被群山环抱，西部为开阔平原，北侧有一条小河。1992年，枣庄市在修建枣木高速公路时，在伏里村（当时村名为建新村）村北一河畔台地上发现有较厚的文化堆积，山东省文物考古研究所随即联合枣庄市博物馆等对该遗址进行了抢救性发掘清理。2006年4月至5月，为配合枣木高速后伏立交桥工程建设，山东省文物考古研究所再次联合枣庄市博物馆对建新遗址进行抢救性发掘清理。两次发掘，成果丰硕，除发现大汶口文化时期的房基28座、灰坑230座、墓葬103座、陶窑两座及壕沟等重要遗迹外，还首次在大汶口文化遗址中发现水井，出土陶、石、骨、角器等1400余件（套），其中以陶器居多。有些墓葬出土的陶器制作精美，成组规律出现，已经具备礼器雏形。

2015年，山东省文物考古研究所对该遗址进行了全面考古调查和勘探。结果显示，建新遗址平面呈椭圆形，至少有一重环壕，东西长约三百五十米，南北宽约三百米，面积十二万余平方米。建新遗址聚落内部的遗迹分布特征明显，房址、陶窑、墓葬这三大类大体以遗址中部为圆心呈同心环形分布，墓葬位于最外围，陶窑围绕房址分布，居住的房址处于中心位置，聚落布局存在明显内聚向心的特征。

以上情况表明，建新遗址是薛河流域一处以大汶口文化中晚期遗存为主、规模中等、内部结构鲜明、外围带有人工环壕的史前聚落，有着完整的聚落形态、清晰的分区特点及丰富的内部构成，对研究鲁南地区大汶口文化晚期聚落形态、内部功能分区及变迁、埋葬制度等具有极为重要的意义。尤其是人工水井的出现，表明大汶口文化时期的先民们对饮用水的要求更高了，成为增强身体素质的重要一环。这是先民们的重大发明，人类从此可以人为控制饮用水源，生存空间迅速扩大，利用大自然的能力迅速提高，由此开启了一个崭新的时代。如今，自来水已经在广袤的农村普及，村中老井早已淡出人们的视野。但井文化在中华农耕文明漫长的历史进程中扮演了重要角色，却是不争的史实。

当年，农村每一个村庄都会有老井。井的多少，代表这个村子的兴隆、兴旺程度。另外，老水井的历史基本与村子的历史同步，越是古老的村子，或者有名的村子，老水井的历史就越长，故事就越多，文化就越浓厚。人们依井生活，依井生产，靠着井中之水繁衍生息。久而久之，井便成了村庄不可或缺的一部分。

《史记·平准书》颜师古注云："古未有市，若朝聚井汲，便持货物于井边货卖，曰市井。"平凡朴素的市井生活，曾每天都在井旁上演。而因水井衍生出的"背井离乡"却是人生的一大苦事。

时至今日，水井在某些偏远的乡村依然是不可缺少的生活要素，并关系到一个村庄的繁衍生息，每家每户都离不开它。在情感上，老井的味道已经融入村民的生命中。曾几何时，老井是每一个游子身上永远也无法抹去的胎记。从这层意义上讲，建新遗址发现的这口古水井似乎还在给我们讲述着五千年前的农耕文明，让我们感受着那古老的故事。

建新遗址作为薛河流域大汶口文化中晚期的基层聚落，与同时期的其他聚落共同演绎着五千年前的薛河文明。建新遗址的考古表明，出土的房址基槽较为稀疏，有专家学者据此推测这一时期的房屋建筑可能已经出现梁架结构。先民们建造房屋的技术愈加高超,为后世大体量的建筑打下了基础。

2013 年 3 月,建新遗址被国务院公布为第七批全国重点文物保护单位。2021 年 10 月,建新遗址入选山东百年百项重要考古发现。

4. 红土埠遗址

女娲神话的发源地之一

在枣庄市峄城区阴平镇上刘庄村南,马泉河的东岸二阶台地上,分布着面积可观的红烧土地层,当地人称之为"红土埠"。这里是一处群山环绕、环境优美、气候宜人的山间小盆地,自北向南流淌的马泉河滋润着这片肥沃的土地。五千多年前,一支神秘的原始部落就生活在这里,创造了非凡的史前文明,这就是闻名遐迩的红土埠遗址,也是上古神话传说女娲团土造人的传奇部落。

红土埠遗址南北长约二百五十米,东西宽约一百米,面积约两万五千平方米。经文物工作者数十年的考古工作证实,先民们在该遗址繁衍生息时间较长,从新石器时代一直到汉代,因而文化堆积较厚。20 世纪 80 年代,市区文物工作者进行第二次全国文物普查时,在该遗址发现一束保存完好的骨锥,共计二十九支。这是古代先民缝制衣物的重要工具,更是原始纺织业的直接佐证。这里还出土过一件折腹罐形鼎,三个鼎足做成了蚂蚱腿的仿生形状,极具生活气息,凸显了先民们的审美情趣。当然，发现更多的还是各种石器，包括铲、斧、锛、镰、磨棒、砺石等原始生产工具，这些石器大多磨制精细、形制规整，应该是专业生产，规模制作。陶器残片更是俯拾皆是，可辨认的陶器种类有豆、鬲、罐、鼎、钵、纺轮、网坠等。这些陶器大多为生活用具，造型美观、功能实用。在遗址的东北部还采集到一件残断的玉环和一件绿松石耳坠，玉环琢磨得光润细致、雍容华贵，耳坠则色泽翠绿、小巧玲珑、光洁靓丽，表现了五千多年前的远古先民对美的追求。

红土埠遗址的周边还分布着刺天峰、望仙山、天柱山、女娲冢、金陵寺、高皇庙等与伏羲女娲传说相关的地名和遗迹，广大农村现在依然流传着礼赞女娲补天的"扫云娘娘"的传说。

东晋郭缘生的《述征记》对金陵山的描述非常生动有趣，"此山孤绝似陵，复以陵名，祀女娲、伏羲于其上，当为女娲冢无疑"。宋代的《路史》载，女娲陵"在任城县东南七十里"。明贾三近编修的《峄县志》载："女娲冢遗址位于峄县南二十里处，金陵寺山之巅。"近代学者王献唐则论证了女娲为东夷部落首领。由上述说法可以推知，远古时的女娲部落活动在今鲁南金陵山一带。在七千年前的一次大地震中，女娲率领部落成员成功地抵御了地震灾害，留下了抗震斗争的英勇事迹。由此看来，女娲在世的时候，为部落做出了很多重要的贡献。她的事迹被人们世代传颂，逐渐被神化，因此才有了上古女娲补天和女娲团土造人的神话。

5. 前掌大遗址

以商周文化遗存为主的重要遗址

前掌大遗址位于滕州市官桥镇前掌大村、薛河中下游冲积平原的东部边缘，是一处以商周文化遗存为主的重要遗址。该遗址既有居住遗迹，又有高规格的贵族墓葬。

自20世纪80年代以来，中国科学院考古研究所山东工作队、山东省文物考古研究所鲁中南工作队、滕州市博物馆等文博机构对该遗址进行了十余次的考古发掘，出土了青铜器、玉器、石器、骨器、陶器、车马器、原始瓷、镶嵌蚌片牌饰物、鳄鱼皮饰件等各类文物数万件。特别是商代晚期"中"字形大墓的发现，震惊了国内外，这是在殷商王畿以外第一次发现如此高规格的贵族墓葬，具有重大的学术研究价值。经考古调查和发掘证实，遗址里的整个墓地经过科学规划，几座大墓居中且排列有序，所有中小型墓葬均围绕大墓错落其间，显示了该区域统治者至高无上的权威。20世纪90年代初在清理"中"字形大墓时，还发现了在大墓上方有排列整齐的柱洞，据此分析这座大墓上方应建有地面建筑——享堂。这一重大考古发现为研究商代的祭祀制度提供了第一手资料。

前掌大遗址还出土了数量可观的商代原始青瓷，在工艺水平方面丝毫不逊色于中原王朝。这些烧造于南方地区的珍贵原始瓷的出土，一方面说明，商周时期的诸侯国与中原王朝关系非常紧密，交往十分频繁；另一方面也可以看出，瓷器作为一种贵重物品，在当时为少数王公贵族所占有和享用。因其极为稀少珍贵，往往被最高统治者作为奖品赏赐给各级贵族。这一发现为研究中央与地方的政治关系、南北方之间文化贸易交流等提供了鲜活资料。

周初，周天子借鉴殷商的东方政策，继续在薛河流域经略着东夷地区，将重要大臣分封于此，用以震慑监督东夷古国，以维护中原王朝对该地区的控制权。高级贵族墓地的出现证实了文献对此的记载。

特别有意思的是，近年来相关机构对前掌大遗址出土人骨的综合研究表明，商末周初的前掌大人跟日本列岛的古代居民亲缘关系十分紧密，前掌大古代居民在日本弥生人和现代日本人的体质特征上贡献了较多的种族基因和遗传特征。

中国社会科学院考古所山东队 1994 年度的前掌大遗址考古发掘，还入选了全国十大考古新发现。这是枣庄地区第一次获此殊荣，开启了枣庄地区考古新纪元。

前掌大遗址发掘现场

铜觚

2013 年 3 月，前掌大遗址被国务院公布为第七批全国重点文物保护单位。2021 年 10 月，前掌大遗址入选山东百年百项重要考古发现。

6.薛国故城

绵延千年的东方古国

薛国故城位于滕州市官桥镇和张汪镇之间，平面呈不规则长方形，分大城和内城，是目前国内保存较为完好的东周古城池。残存城墙断面夯层清晰，版筑痕迹明显，是研究古代城池建造技术不可多得的重要实物遗存。大城周长10615米，现存城垣高出地面4至7米，底部宽20至30米。城外则建有宽达30至50米、深4至7米的巨大壕沟。有城门五座，南面两座，其他三面各一座。有居住遗址九处，制陶、冶铁、冶铜、制骨作坊等十余处。内城在大城的东南隅，平面亦为不规则长方形，周长2750米，墙宽10米左右，城壕宽8米，城外也构建了较深的护城壕沟。内城即是西周、春秋时期的薛城。战国时的外城则是在西周春秋时内城的基础上向西、北两面延长而扩建的。

薛国是夏、商、周时期绵延一千六百多年的东方古国。在这漫长的历史长河中，这片神奇的土地先后涌现出奚仲、仲虺、祖伊、孟尝君、毛遂、叔孙通、公孙弘等一批彪炳史册的著名人物。

纵观夏商周三代，东方的薛国始终与中原中央王朝保持着良好的政治关系，并周旋于周边大国之间。战国时期，薛国被齐国吞并，成为战国四公子之一的孟尝君田文的领地，最终发展成为拥有六万户居民、城市规模仅次于齐都临淄的大都市，显赫一时。

薛国故城遗址属于中国大遗址保护六大片区之一曲阜片区，是国家一百五十处重要大遗址之一，是研究中华文明从萌芽到发展乃至成熟的关键遗址，备受学术界的青睐。中国社会科学院考古所、山东省文物考古研究院、滕州市博物馆等文博机构自 20 世纪 60 年代开始对薛城故城遗址进行了持续不断的考古调查勘探和发掘，出土了数以万计的珍贵文物，获取了大量考古资料，是研究夏商周时期东方古国文明演进不可替代的宝贵资料。特别是 1978 年的考古发掘，共清理东周贵族墓葬九座，出土容礼器、兵器、车马器等青铜器 919 件。有一套春秋书刻工具的出土尤为引人注目，学术界称之为最早、最全的书刻工具，充分体现了薛国上层统治者对文化传承的高度重视。

2014 年 10 月，距薛国故城东北两百米的滕州市官桥镇官桥村南一大型施工现场发现了古墓葬。2015 年开始进行了抢救性发掘，共清理汉代墓葬上百座，出土汉代铜镜、陶器、玉器等一宗，汉画像石数百块。令考古工作者感到疑惑的是，这个汉墓群跟以往在鲁南地区清理的汉墓有所不同，不仅墓葬的朝向杂乱，各个方向都有，而且很多墓葬的随葬品也风格各异，葬式千差万别。有学者通过研究指出，这个墓群极有可能跟战国晚期孟尝君养客三千有关，待这批墓葬的相关资料全部整理发表之后，真相将大白于天下。

1988 年 1 月，薛国故城被国务院公布为第三批全国重点文物保护单位，也是枣庄市第一个"国保"单位。

7. 偪阳故城

叔梁纥在此一举成名

俗话说"江河万里总有源，树高千尺也有根"，说起儒家文化，就不得不提孔子的身世。孔子的父亲叔梁纥是宋国没落贵族的后裔，先祖为躲避宋国王室的倾轧，流落鲁国为官。

公元前 563 年，鲁国陬邑大夫叔梁纥率领鲁国将士，连同其他十一个诸侯国军队，追随春秋霸主晋国攻打与楚国交好的妘姓偪阳国。偪阳城易守难攻，十三国联军久攻不下，粮草补给非常紧张。这时，鲁国孟氏的家臣秦堇父押着辎重粮草赶到前线，偪阳人打开城门想借机夺取辎重，而诸侯联军将士则想趁机攻入城内。偪阳守军立刻将城门放下，想对联军来个"瓮中捉鳖"。在这千钧一发之际，叔梁纥力举闸门，救出了城门里的联军将士。有人称赞他道："这就是像老虎一样有力气的人。"叔梁纥经此一战，声名鹊起。

功成名就的叔梁纥在鲁国家喻户晓、地位显赫，后与小邾国贵族后裔颜徵在结为连理，这才有了圣人孔子的故事。据有关专家学者考证，他俩结合时，叔梁纥已经年近七旬，而颜徵在只有十七岁。颜徵在诞下孔子三年后，叔梁纥就仙逝了。

偪阳故城位于枣庄市台儿庄区涧头集镇西南约两千五百米处，南依群山，东有龙河故道，北靠侯塘村，西临城西村。故城南北长，东西短，平面呈长方形，周长 3293 米，当地有"九里单八步"之说。现存城墙基址清晰可见，清光绪三十年《峄县志》载："偪阳，妘姓国，彭祖弟陆终第四子求言封此。"

133

2013 年，为制订偪阳故城的保护规划，山东省文物考古研究所受邀对其进行了全面的考古调查勘探，基本厘清了故城内的文物内涵，还勘测出了规模宏大的护城河等，为下一步文物保护利用工作的顺利开展打下了坚实的基础。

2006 年 5 月，偪阳故城被国务院公布为第六批全国重点文物保护单位。

8. 滕国故城

亚圣孟子与滕文公的善政对话

明朝嘉靖年间的一个秋天，著名文学家王世贞途经滕地，发出了"齐楚今何在，滕犹旧日名"的感叹。"滕"作为国名见于史籍，见《史记·陈杞世家》："滕、薛、驺，夏、殷、周之间封也。"

现存的滕国故城是周代滕国的都城，武王克商后，封其异母弟错叔绣于滕，爵为侯，是为姬姓滕国。传三十一世，国祚七百余年，直到周赧王二十九年（前 286）

滕国故城

被宋国所灭。

滕国所有国君中对后世影响最大的当数战国时期礼聘儒学大师、亚圣孟子的滕文公。亚圣孟子与滕文公关于善政的对话，突出表现了儒家的仁政思想。《孟子·滕文公》是人们研究儒家仁政思想的重要文献，是《孟子》一书中思想深刻的重要篇章。至今读来，我们仿佛还能感受到两千多年前那场促膝对话。滕文公礼贤纳士、推行仁政的举措，使滕国成为当时的文化高地、仁政善国，以致诸子百家的领军人物趋之若鹜，才有了这样的评价："今滕，绝长补短，将五十里也，犹可以为善国。"

滕国疆域狭小，尤其是在东周时期诸侯并起、弱肉强食的恶劣环境下，周旋于诸侯列强之间，殊为艰难。史书对此多有记载，其中"滕薛争长"最为生动。当时薛国较滕国强大。《左传·隐公十一年》记载："十一年（前712）春，滕侯、薛侯来朝，争长。薛侯曰：'我先封。'滕候曰：'我周之卜正也，薛，庶姓也，我不可以后之。'公使羽父请于薛侯曰：'君与滕君，辱在寡人。周谚有之曰：山有木，工则度之。宾有礼，主则择之。周之宗盟，异姓为后，寡人若朝于薛，不敢与诸任齿。君若辱贶寡人，则愿以滕君为请。'薛侯许之，乃长滕侯。"

滕国故城在今滕州市姜屯镇东滕城村和西滕城村之间，城垣残迹依稀可见，略呈方形，周长约四千六百米，东北隅为文公台，当地称之为"灵台"。台前有一池绿波，是为"灵沼"。传说均为滕文公所建，是褒扬滕文公与民同乐之意。

滕国故城西北一千八百米处的一个小村庄叫庄里西，村西有一台形高地，这里就是姬姓滕国公室墓地，埋葬着滕国的历代国君。该墓地曾出土数以千计的两周时期的青铜礼器、玉器等珍贵文物,包括滕侯鼎、滕侯簋、滕侯鬲、滕侯编钟以及玉鹰、玉虺龙等,展示着滕国辉煌的历史。"滕"也是从上古黄帝得姓诸子所建邦国传说开始,唯一至今仍在使用的地名,历史悠久,传承有序。

9.东江遗址

掀起小邾国历史研究的高潮

1933年4月,滕县安上村村民在农田劳作时,发现了十四件青铜器。时任山东省立图书馆馆长的王献唐闻讯赶来,考证这批器物为邾国旧制,甚为珍贵。1933年秋天,中国近代考古学的奠基人、哈佛大学人类学博士李济也来到滕县查看安上村出土的青铜器,给予高度评价。王献唐据安上村的考古发现,查阅大量古代文献资料,先后写出了《邾分三国考》《三邾疆域图考》等影响深远的学术著作,进一步确定了安上村出土青铜器为小邾国所铸造,开创了小邾国研究的第一个高潮。但小邾国的都城何在、文化面貌如何等问题,多年来却纷争不断,众说纷纭。

2002年6月3日,枣庄市博物馆奉命对东江村被盗古墓葬进行抢救性发掘清理。在发掘清理的六座古墓葬中,两座被盗掘一空,两座为残墓,两座保存完整,共出土文物二百三十三件、铭文青铜器二十四件。通过对铭文的释读,专家确认,东江遗址就是史书上称作君子之国的小邾国早期的都城所在。千年谜案，一朝解开。

据文献记载，西周末年，郳国国君夷父颜有功于周，周王室将其次子友父别封于郳。但直到小邾国第四代国君郳梨来时，小邾国跟随齐桓公勤王有功，齐桓公替郳梨来向周天子请赏，才得到周天子的子爵授封。自此，各类文献才有"小邾子"的称谓。

2004年10月，"小邾国文化学术研讨会"在枣庄市山亭区隆重举行。国内外四十余位知名专家学者如殷玮璋、林沄、王恩田、黄盛璋、李零、艾兰等慕名而来，共同研讨东江遗址这一重大考古发现的学术意义，对小邾国历史再次进行科学研究，掀起了小邾国历史研究的第二次高潮，影响深远，意义重大。这次学术研讨会召开之后，山亭区政协随即编辑出版了《小邾国文化》一书，成为国内外专家学者研究小邾国的必备资料之一。

2018年10月，"大君有命，开国承家——小邾国历史文化展"在山东省博物馆举行，这是继"为薛有序，与斯千年——古薛国历史文化展"之后山东第二个古国展，同时举办了小邾国学术研讨会，将小邾国历史研究再向前推进了一步，掀起了小邾国历史研究的第三次高潮。

小邾国国势最为强盛时期，曾拥有现在枣庄市山亭区全部和市中区大部，西达滕州东部，南到峄城，东至兰陵、费县，北至平邑南部，面积约两千二百平方千米。小邾国国君励精图治，积极参与诸侯会盟，在春秋战国纵横捭阖的环境中赢得了各诸侯国的普遍尊重。东江遗址出土的鲁国、滕国、

东江遗址   郳君庆壶

宋国、灵父国等诸侯国的青铜器足以证明，小郳国可能前后
延续五百余年。

　　遥想两千八百多年前，有一个国土面积仅两千二百平方千
米的东方小国，曾经得到周天子以及周边各大邻国的尊重，还
有强大的经济实力铸造如此精美的青铜重器，那是何等的荣耀。

　　东江遗址出土的以二十四件铭文青铜器为代表的文物是见
证小郳国璀璨历史的瑰宝，弥足珍贵，现陈列在枣庄市博物馆。

10. 刘伶古台

做客枣庄的"酒神"

　　刘伶（约221—约300），字伯伦，西晋沛国人。他一生放浪，
不趋浊流，是"竹林七贤"之一。据《峄县志》载，刘伶辞官
归故里后，耐不住寂寞，与随从一同驾鹿车东来，"尝东游兰
陵山水间"（即鲁南地区），因饮酒过量，醉死在峄北群山间，

并埋葬在今山东省枣庄市市中区西王庄镇冯刘耀村。据说该村因刘伶而得名，村中与刘伶相关的遗迹很多，有村北的刘伶墓、村东的刘伶河、河岸边的刘伶古台。刘伶古台为峄县八景之一，台下河水弯曲，水浑白类酒，相传为刘伶醉后洒酒之处。

说起刘伶与酒的典故，有"刘伶纵酒""杜康造酒醉刘伶""鸡肋承拳"等。相传，刘伶日日与酒为伴，恣意狂饮，本来瘦小的他更加面黄肌瘦。刘伶这等模样，吓坏了他的夫人，刘夫人便赶忙找郎中给他医治。郎中经过一番望闻问切，对夫人道："刘参军并无大碍，只是酒喝得太多，伤了脾胃。只需停止饮酒，细心调养，几日后即可痊愈。只是从今以后这酒是万万不可再喝了。"听了这话，刘夫人才长出一口气。她送走郎中后，便严令下人不许给刘伶酒喝，并将家中的酒和酒具全部藏了起来。看到妻子那坚决的样子，刘伶心想软缠硬磨是不行了，只有来点计谋了，便说道："你做得很对，可是我自己不能控制住自己，只有祷告鬼神立誓后，求得鬼神的相助，才能与酒绝缘。你准备祭神的酒肉吧。"夫人见刘伶言之凿凿，不能不信，便去准备。这天，刘夫人将酒肉摆上供桌，请刘伶发誓。谁知刘伶竟急跪案前，骤然变色，大声吼道："天生刘伶，以酒量大而闻名于世，一次需喝十斗才能解除酒病。妇人之言，慎不可听。"说完之后，便进酒进肉，兀然而醉。

刘伶不仅恣意痛饮，而且纵酒放诞，狂荡不羁。他常乘坐鹿车，携带酒坛，让侍从扛着铁锸跟随其后，并说："我死在哪里，就把我埋葬在哪里。"刘伶纵酒放达，时常脱衣裸形在屋中。有人讥之，刘伶不以为然，说："我以天地为栋宇，屋室为衣裤，诸君何为入我裤中？"其蔑视礼法，放浪形骸，由此可见一斑。

刘伶放荡不羁，恣意痛饮。但若因此就把他当作只好饮酒、醉生梦死的酒徒就错了。其实，他还是一个才子，是一位身处乱世、以酒避祸的智者。刘伶与阮籍、嵇康、山涛、阮咸、向秀、王戎六位名士交谊甚厚，常常相携于竹林，酣歌畅谈，并称为"竹林七贤"。

他写的《酒德颂》想象瑰丽，气魄宏大，自由旷达，文采飞扬："有大人先生者，以天地为一朝，以万期为须臾，日月为扃牖，八荒为庭衢。行无辙迹，居无室庐，幕天席地，纵意所如。止则操卮执觚，动则挈榼提壶，唯酒是务，焉知其余？有贵介公子，搢绅处士，闻吾风声，议其所以。乃奋袂攘襟，怒目切齿，陈说礼法，是非锋起。先生于是方捧罂承槽，衔杯漱醪；奋髯箕踞，枕曲藉糟；无思无虑，其乐陶陶；兀然而醉，豁尔而醒；静听不闻雷霆之声，熟视不睹泰山之形；不觉寒暑之切肌，利欲之感情。"

这篇文章直抒胸臆，酣畅淋漓，是千古流传的辞赋名篇。明朝时的峄县名人贾三近在《晋建威参军刘伶墓记》中对刘伶这样评价："公（指刘伶）岂酒人哉！王室陆沉，忠臣洒涕，广陵调绝，义士兴嗟。公于时事重有慨焉，盖托于酒而逃焉者也。公岂酒人哉！公于文翰未尝厝意，然即其对妇禁酒语，读之令人当食喷饭，谐谑跌宕，即东方生（指东方朔，汉代文学家，以幽默著称）且奴视之。至《酒德》一颂，气排山河，襟麾宇宙，漆园老吏（指庄子）且当北面。公固达人，非酒人也。

当其驱车东游，穿林藉草，登高台，临清流，左携阮步兵（阮籍），右拉嵇中散（嵇康），挈盒提壶，操卮捧罍，吞吐烟霞，沉酣风月，掀髯长啸，云谷应声，宁知乾坤为何物，尘世之几时哉！兹固一代人豪也。"

不是酒人，是达人、人豪。贾三近对刘伶的认知确实是比较深刻的。刘伶酗酒、放浪、荒诞的行为，是当时社会动荡不安、政治黑暗凶险的反映，表现了当时文人的一种特殊心态。他们面对政治迫害，不得不借酒浇愁，以酒避祸。"一代高风野水边，伯伦贵冢尚依然。千秋谁为浇坟土，悔不当时葬酒泉。"《峄县志》收录的这首吊刘伶墓的古诗，至今读来，依然让人对这位客死枣庄的酒神唏嘘不已。

11. 中陈郝窑址

延续千年的不灭窑火

枣庄市薛城区邹坞镇蟠龙河源头许由泉南侧有一个被历史长河掩盖的、拥有一千五百多年悠久历史的古老村落，石桥、街巷、庙宇、河道、古树等无声地讲述着曾经的辉煌。它就是中陈郝村，是号称"江北第一窑"的中陈郝窑址所在地。

1987年秋，山东大学历史系考古专业团队联合枣庄市博物馆对中陈郝窑址进行了小规模发掘，取得了重要学术成果，发掘报告发表在《考古学报》1989年第4期。中陈郝窑址可分为三大片区。村北为青瓷区，时代处于北朝至隋、唐、宋时期，发现隋代窑炉两座，出土大量造型古朴凝重、釉色青中闪绿、坚实耐用的青瓷器。村南为白瓷区，时代为宋元时期，面积颇大，考古调查时采集到数量可观的完整瓷器，主要为白瓷、白釉黑花瓷和绿点彩瓷等生活用瓷。村西为黑瓷区，时代为明清时期，瓷器施釉均匀光泽、质地坚固，主要为生活用瓷，一度被作为土贡品运往京城。窑址总面积约五平方千米，规模巨大。北朝晚期地层出土了青瓷，表明这里当时已经开始烧造青瓷器了，彻底颠覆了学术界之前"南青北白"的认知。金代窑炉底部还发现了煤渣，证实最迟到金代，中陈郝的窑炉已经开始使用煤炭作为燃料烧造瓷器了，将枣庄地区用煤史推到了八百年前。考古研究证明，从北朝晚期开始，中陈郝烧造瓷器的历史绵延不绝，一千四百多年来窑火经久不息，成为枣庄地区工商业发展史上的一大奇迹。

据明万历二十四年（1596）《兖州府志》和清光绪三十年（1904）《峄县志》记载，中陈郝村在明嘉靖年间发展到了巅峰，中央政府在此设置巡检司，专门管理这里的瓷器产业。明清时期，这里出产的黑瓷一度成为土贡品。明代有一首描写村中清漳桥的诗云"国运船通徐兖路，车装船发帝王州"，反映了中陈郝的陶瓷通过蟠龙河运道和峄县东西官道车装船运转到徐（州）兖（州）南北大路，直通京城的兴盛景象。经久不衰的制瓷业也带动了当地经济社会的发展，南来北往的客商共同造就了"九庙十桥七十二座缸瓦窑"的美丽传说。

2006 年 5 月，中陈郝窑址被国务院公布为第六批全国重点文物保护单位。2021 年 10 月，入选山东百年百项重要考古发现。

12. 大运河中河台儿庄段

东西走向的运河主航道

中国大运河始凿于公元前 486 年，距今已有两千五百余年的历史。隋大业六年（610），隋炀帝建成了以洛阳为中心的隋唐大运河。元至元三十一年（1294），元世祖忽必烈截弯取直，建成了京杭大运河。明朝中后期，黄河频繁改道，借黄河行漕运成为明王朝心腹大患，开挖新河道成为当务之急。大运河中河台儿庄段就是在这样的背景下被提上议事日程。明万历二十年（1592），总理河道舒应龙在峄县南侧借助彭河开挖新河。后历经刘东星、李化龙两任总理河道接续奋斗，新河道终于在明万历三十二年（1604）全线贯通。这条河道北起微山夏镇，南到宿迁骆马湖，全长二百六十里，以泇河为主要补给水源，史称泇运河。泇运河的通航，彻底完成了避黄行运，使大运河真正成为人工运道，保障了京师的供给。据文献记载，开通当年，粮船三分之二由此北上。明清时期，大运河中河台儿庄段一度兴盛繁荣，每年通过的漕粮多达四百万石，过往船只七千七百余艘。

大运河中河台儿庄段还是长江以北唯一东西走向的大运河主航道，为巩固明清时期统一多民族国家做出了突出贡献，是名副其实的国家命脉。

1959 年，为更好地服务于经济社会发展，国家将京杭大运河主航道南移一千五百米，也就是现在韩庄运河的主航道。

大运河中河台儿庄段

大运河中河台儿庄段这段古老运河幸运地保存下来，成为北方城区仅存的城市里的古运河。2008年4月，枣庄市委、市政府宣布，重建1938年被日本侵略者夷为废墟的台儿庄古城，这为大运河中河台儿庄段迎来了新生，这段运河遗产连同台儿庄大战遗产一并成为台儿庄古城重建的重中之重。

大运河中河台儿庄段西起月河源头，东到月河出口，全长三千米，其中被水石驳岸九百六十米，古码头十一处，河道宽约三十米至一百米，平均水深约六米。

2014年6月，第三十八届世界遗产大会将中国申报的大运河列为世界遗产，大运河中河台儿庄段位列其中，枣庄也实现了世界遗产零的突破。大运河中河台儿庄段成为全人类共同的文化遗产，这段古老的运河也焕发了新的生机，其中国北方城市城区典型景观河道的独特价值愈发彰显，成为旅游爱好者重要的旅游目的地之一。

2006年5月，大运河中河台儿庄段被国务院公布为第六批全国重点文物保护单位。

六

非遗匠造

1.鲁班锁

玩具里的大智慧

鲁班锁，也叫八卦锁、孔明锁、六子联方，它起源于中国古代建筑中的榫卯结构，是中国传统的智力玩具。相传，春秋战国时期，鲁班为了测试儿子是否聪明，用六根木条制作了一件可拼可拆的玩具，叫"儿子拆开"。儿子忙碌了一夜，终于拆开了，这种玩具就被后人称作"鲁班锁"。

鲁班锁由六根中间有缺口的木块组成，木块内部的凹凸部分啮合，使结构更加牢固、结实，十分巧妙。要拆开或拼合就必须透彻理解这六根木头的结构形式。鲁班锁虽然外表相同，但是一旦这些木头内凹凸部分有所改变，拆解方式就有所不同。据国外杂志报道，拆装方法多达两千余种。小小鲁班锁，凝聚了鲁班的大智慧。如今，人们在六根方木鲁班锁的基础上，又研究出了球形锁、方形锁、四季锁、连环锁等两百多种样式，玩法更加多样、灵活、有趣味性，让这种游戏有更为长久的生命力。

鲁班锁的普及，对于继承和弘扬中国优秀传统文化、提高青少年空间思维能力并培养其创新意识，具有重要的价值。其结构形态严谨、有序、庄重、典雅，给人以视觉的美感，当下被广泛用于建筑、装饰中。

在 1889 年出版的《中外戏法图说》中，著者唐芸洲绘图介绍了这种益智游戏："方木六根，中间有缺，以缺相拼合，作十字双交。形如军前所用鹿角状，则合而为一。若分开之，不知其诀者，颇难拼合。乃益智之具，若七巧板、九连环然也。其源出于戏术家，今则市肆出售，且作孩稚戏具矣。"18 世纪，鲁班锁传到欧洲，并风靡开来。

滕州市现有班母庙、鲁班造磨处、鲁班纪念馆等遗迹、景点二十余处，"鲁班传说"被列入国家级第二批非遗名录。这里是鲁班锁在民间流传较为广泛的地区，上到七八十岁的老人，下到五六岁的孩子，大都玩过这种益智玩具。

2010 年，"非遗"鲁班锁代表性传承人李浩创办了滕州鲁班天工木艺有限公司，并创立"圣匠鲁班"品牌，致力于恢复鲁班锁传统制作技艺，并结合现代工艺，保护性开发了多个鲁班锁系列产品。他先后获枣庄市市长质量奖、山东省五四青年奖章，以及"国家乡村文化和旅游能人"荣誉称号。滕州鲁班天工木艺有限公司先后被评为枣庄市非物质文化遗产生产性保护示范基地、山东省旅游产品研发基地。目前，鲁班锁系列产品获得专利近

鲁班锁

五十项，先后荣获"荷花杯"山东省工艺美术设计创新大赛金奖、山东省旅游商品创新设计金奖，入选山东省旅游商品十佳品牌、中国百佳旅游商品，并被列入省级非物质文化遗产名录。

2.巧林积木

原创的榫卯益智玩具

榫卯积木是从中国传统非遗木制技艺中汲取精华，通过创新研发出的益智玩具。榫卯结构中蕴含着古人的智慧，榫卯积木将传统文化融入益智玩具之中，寓教于乐，益智于游戏。

在河姆渡遗址中，榫卯结构的木质构件频繁出现。春秋战国时期，鲁班发明了蕴藏着榫卯结构精髓的鲁班锁。六根看似简单的木条通过内部构造形成的凹凸相互啮合，外观上彼此严丝合缝形成一体，但又能通过巧妙的方式进行拆解与重组，这其中蕴含的便是匠人古老的智慧。

两个木质构件通过凹凸结合的方式进行连接，凸出部分叫榫，凹进部分叫卯，榫和卯在相互咬合中实现相对稳定的连接。木质构件之间多与少、高与低、长与短之间的巧妙组合，可有效地限制彼此向各个方向扭动，形成稳定又有弹性的结构。在中国古代建筑、家具及其他木质器械中，榫卯结构是主要的结构方式。目前，诸多凝聚榫卯结构的技艺在我国多地区被列入非遗名录，是我国优秀传统文化重要的组成部分。"巧林积木"以榫卯结构为基础，进行创新性的改造，研发出具有中国特色的积木玩具。这些玩具不仅成为陪伴孩子成长的伙伴，也成为传播传统文化的载体，在潜移默化中塑造着孩子的认知。在首届"振兴传统工艺·鲁班杯"大赛中，"巧林积木"的榫卯积木作品《东方冠》脱颖而出，获得文化创意类金奖。

走非遗技艺与益智玩具相融合的开发道路，对"巧林积木"来说，是必然的选择。因为早在萌生开发榫卯积木想法之前，"巧林积木"的创始人郝立岩已在北京从事多年幼儿教育工作。在每天与孩子的接触过程中，他发现孩子们身边具有中国特色的玩具并不多。

郝立岩出生在木匠世家，祖上四代都是木匠，爷爷参与过沈阳故宫博物院的修缮工作。从小耳濡目染，他对中国传统木匠技艺有着非常深刻的感情，这为日后开发榫卯积木埋下种子。从 2016 年起，郝立岩开始对榫卯积木进行构思。随后，他便将榫卯积木运用到儿童教育之中，受到孩子们的喜爱。2020 年，郝立岩将榫卯积木十七个单体模块申请了国家发明专利，为日后的发展奠定了坚实基础。2021 年，郝立岩的榫卯积木品牌在滕州实现了批量生产。

从外观上看，榫卯积木似乎很简单，只是一些具有凹凸结构的木条。然而，其背后却是对传统榫卯结构的改良与创新。传统榫卯结构非常复

巧林积木

杂，对精度的要求非常高，巧林积木便将榫卯方式改进为半口咬合结构。这种改进吸取了传统榫卯结构中凹凸相咬合的理念，同时将其简化。这种简化让玩具的操作过程更容易，适合面向更多群体，使其具有更多可操作的空间，也让榫卯积木有了显著的特色。

常见的榫卯结构玩具是通过结构搭建出中式建筑中常见的亭台楼阁，让作品成为观赏摆件。但"巧林积木"研发的榫卯积木有着较强的普及性及更大的创造空间。而且，他们的积木玩具所面向的群体不仅是儿童，成年人也可以在其中找到乐趣。

一件带有"非遗"标签的积木，为孩子带来文化的传承与教育。"巧林积木"通过三维空间的搭建，培养了孩子的空间思维能力和动手能力，并激发其创造力和想象力，让孩子们在游戏中感受到七千年历史的榫卯文化，传承近两千五百年的鲁班智慧。

3. 木版年画

凝固在刻版上的年味儿

木版年画，因为通过手工刻版印刷，加以红、黄、蓝等色彩，显得喜庆、吉祥，增添了年的气氛，可以说是"凝固在刻版上的年味儿"。

滕州王楼木版年画始创于明朝永乐年间，兴盛于清朝乾隆年间。20世纪初，这里成为鲁南地区最大的木版年画基地和山东省有名的年画之乡。

王振军是王楼木版年画省级非物质文化遗产传承人，其先人自明朝永乐年间从山西洪洞县迁至滕县，将山西的年画艺术带到了王楼。后人王弘光特别喜爱年画，专攻刻版印刷，创办了王楼第一家木版年画作坊"恒祥纸店"。

清乾隆年间，王弘光的后人王贞瑜、王秉元、王承河等继承了祖上传下来的艺术，把年画做到了一定规模，先后设了"恒祥老号""恒义祥纸店"等年画堂号。中秋节过后，年画艺人集中来店刻版印制，腊月开始批发零售。20世纪初，王家又在城里开设了"恒义书局"，兼营私塾学生学习用品。

恒祥年画作坊从1920年至1937年，经过十几年的苦心经营，已经形成很大规模，先后开办了六家作坊。王楼几十户人家几乎家家从事木版年画刻印与销售，最兴旺时年产量达到十几万张，远销江苏丰县、沛县，安徽萧县、砀山，山东临沂、郯城、费县、邹城、兖州等地。王楼成为滕县年画产地中心。

王楼木版年画经过历代传承接续，逐渐形成了粗犷古拙、庄重喜庆的艺术特色。年画作品为纯手工雕版印制，一般用大红、粉红、橘红、橙绿、黄、黑六色套版，最多达七色。以毛边纸为主，也有光连纸。其刻版刀法劲硕，线条流畅饱满，设色艳丽多彩，成品画明丽爽朗，彰显了喜庆气氛。

王楼木版年画题材广泛，内容丰富，以历史故事、神话传说、戏曲人物、演义小说为主要内容。主要品种有"福禄寿""财神""喜神""状元及第""五子登科""灶王爷""元宝山""门神"等，十分生动传神。最突出的特点是构图饱满紧凑，概括性强，人物安排穿插巧妙，匀实对称。"福禄寿"年画表达了先民对星

王楼木版年画

辰的自然崇拜，同时寄予了对理想生活的祈盼。福星能纳福迎祥，给人福气好运，保佑五谷丰登；禄星演化为读书人顶礼膜拜的科举考试神，昭示仕途亨通；寿星佑护长生无疾。画面的老寿星一身平民装束，慈眉善目、和蔼可亲的老者形象跃然纸上，画中还有金童玉女相伴。"门神"年画张贴在门户上，左边骑虎执铜的是秦琼，右边胯下麒麟、手举金鞭的是尉迟敬德。通过头脸放大的夸张性描绘，突出了面部五官的威武表情，让人印象深刻。"门神"系列也是民间最为普及的年画。

1982年，王楼木版年画《状元及第》等十六幅作品参加了"山东省民间工艺品展览"，受到专家们的高度赞赏，被誉为"齐鲁传统年画的精品佳作"。年画专家暨收藏家沈泓撰写的《中国濒危年画寻踪：滕州年画之旅》，由中国时代经济出版社出版发行，在国内年画收藏界掀起了一股热潮。王楼木版年画，在掌门人王振军（王永镇之子）、王振义、王振相几位老艺人传承接续下，艺术特点越来越凸显。

4. 张汪竹木玩具

留下孩童记忆的玩意儿

人最难忘的是儿时的记忆。在三四十年以前，男孩到农村集市上买的玩具多是木质刀、枪、剑、戟、小燕车之类，而这些玩具多来自滕县南陶庄村（今属滕州市张汪镇）。南陶庄村生产的儿童竹木玩具闻名遐迩，还入选了省级非遗项目。

南陶庄村竹木玩具具有浓郁的乡土气息，它的题材内容、艺术形式具有鲜明的地方特色。图案设计多取材于神话传说、民间故事、历史典故等，具有造型精巧、形象逼真、色彩艳丽、夸张传神等特点。

南陶庄村目前制作竹木玩具的主要传承人有高福志和吕传华，他们都已经六十多岁。他们用泡桐木制作的刀、枪、剑、戟等"十八般兵器"独树一帜。特别是用泡桐木制作的关公青龙偃月刀、鲁智深禅杖、张飞丈八长矛等，传统气息十分浓烈。这些玩意儿别看土气，工艺可不简单，要经过二三十道工序。目前，"十八般兵器"已成为非物质文化遗产博览会的必选项目，每次都有专设的摊点。

南陶庄村用泡桐木制作的燕车，也备受孩子们喜爱。燕车上架着一只纸做的燕子，"燕子"的双翅各用一段铁丝连在两个木轮上。车的前头安着圆鼓，鼓后面的木柱上绑着打鼓棒。车轴上安着三角形木块，打鼓棒一头连着三角形木块，一头压在鼓上。用长竹竿推燕车前行时，车轮带动"燕子"双翅扇动，三角形木块带动鼓棒敲打小鼓，俗称"王八打鼓"。

张汪竹木玩具

南陶庄村手工制作竹木玩具始于清中期，已有三百多年的历史。南陶庄村地处张汪镇东南隅，在古薛国南城墙外。南陶庄村建村较晚，相传先人是明洪武年间由山西洪洞县迁入。清乾隆年间，南陶庄村民高余友的祖父从滕县艾湖（今属山亭区桑村镇）学得制作喇叭、竹笛子的手艺。后村中竹木工艺逐渐发展，品种也更加多样化。儿童竹木玩具制作简便，用木材、竹子的下脚料，制成刀、枪、剑、戟、喇叭、笙、笛、竹龙、风车、燕车等，销路也不错。北京、曲阜的庙会上都有他们的产品。20世纪四五十年代是鼎盛时期，全村一百多户，家家都做竹木玩具，大人小孩都会。当时南陶庄村的竹木玩具销售到全国十多个省市。

张汪竹木玩具除了具有娱乐功能外，对青少年的身心健康和智力开发也有着重要作用。这些拙朴的木质玩具，在十几年前还是让孩子们艳羡的"耍物"，是孩子们幸福童年的一部分，几十年以后又成为他们的美好回忆。

张汪竹木玩具制作技艺是省级非物质文化遗产项目。这些玩具曾先后四次参加全国非遗博览会，也常常出现在省市举办的民俗节会上。

5. 洛房泥塑

童年里的彩泥"不倒翁"

洛房泥玩具是鲁南地区最具地方特色的儿童玩具之一，已有近两百年的历史，现为省级非遗项目。

洛房泥玩具，以枣庄市薛城区常庄镇洛房村命名。它最早起源于清朝咸丰年间，当时品种较少，以泥哨为主。在捏制的小鱼、小鸡、小狗、小鸟等动物泥玩具上钻出进气孔、出气孔，就成了动物模样的小哨，晒干后慢火烧成。每年农闲时，当地农民就会到集市或走村串户售卖。后又捏制人物，涂上颜色，增加了泥玩具的品种。

清光绪四年（1878），滕县羊庄张坡村人张有力迁居洛房村，向村里老艺人学会了泥塑技艺。当时，村里艺人制作泥玩具，一直沿用单个捏制的传统做法，效率低，大小不一。张有力改用模具制作，制品从模具取出，晾干后用白土粉涂抹三次，再用各种颜料绘制图案，大大提高了效率和美观度。到第四代传承人张玉明时，张家已经存有祖传模具近百种，技艺也得到很大提高和发展。张玉明制作的泥玩具有多种动物如牛、鸡、猫、老虎等，也有人物如清朝女子、关公、财神爷、钟馗等。就大小而言，最大的"不倒翁"有半米高，最小的仅有五厘米高。无论是动物还是人物，都形象逼真，惟妙惟肖。

张玉明的泥塑作品形成了自己的特点，即造型夸张，线条简拙，整体丰硕，彩绘用笔粗放，色彩对比强烈，在全国泥塑

洛房泥塑

中具有鲜明的鲁派特色。张玉明还创作了"十二生肖""八仙过海"等系列泥塑作品。张玉明也被联合国教科文组织、中国民间文艺家协会联合授予"中国民间工艺美术家"称号。他制作的"不倒翁"泥塑作品多次参加全国、省手工技艺大展并获奖。

光绪年间，洛房村还有一位姓杨的泥玩具艺人。他反复尝试，摸索出"不倒翁"的新做法。"不倒翁"的底座用"白糖泥"，上身改用灰平纸，这样底重上轻，摇之不倒，其造型、彩绘非常可爱，深受少年儿童喜爱。由于其中含有"人财不倒"之意，也受到许多成年人的欢迎。杨其富是"不倒翁"制作的第四代传承人。

洛房泥玩具美观、细腻、精致，除了与工艺优良有关外，还与使用的泥土有关。他们使用当地的一种白糖土，此土细腻，制作出的产品不开裂，光洁度好。这些泥塑制品有黑、白货之分，兽禽类需用火烧烤，称"黑货"；人物类用白土粉涂抹，不需要烧烤，称"白货"。"黑货"除了能吹响外，还可以把玩，同时还是家庭桌面上的摆件，具有观赏价值。"白货"坚硬度不够，一般作为摆件陈列，"不倒翁"便属这一类。泥塑不倒翁造型独特，憨态可掬，彩绘古朴，成为一代代人童年的美好记忆。

6. 张范剪纸
剪出来的艺术世界

张范剪纸，源远流长。早在 20 世纪 90 年代，枣庄市薛城区张范乡就被命名为"山东省剪纸之乡"。

张范剪纸始于清初，当时的张范、小香城一带已有不少人会剪纸，但以此谋生还较为困难。为了生计，小香城村年仅六岁的宁文生随母亲到安徽省蚌埠，在那里跟人学习剪纸，并帮人剪纸补贴生活。十七八岁的时候，宁文生已经能够靠剪纸维持生活。后来，他返回老家小香城，把蚌埠剪纸的特点融入当地剪纸题材中，人物、动物外轮廓处理简练，注意动态效果；内部用粗犷的装饰花纹，明快简洁。他的剪纸具有鲜明的特点，深受当地人的欢迎。

到了清中期，张范出了一位剪纸高手，叫张胡氏。因为名气大，东西两庄不断有人登门购买，后来其剪纸卖到峄城、山亭、滕县等地。在其影响、带动下，剪纸成了深受大姑娘、小媳妇喜欢的手艺，既能赚钱，又不误农时。于是，附近的大香城、甘霖、黑石岭、西夹埠、化庄等村出现了不少剪纸能手，剪纸就这样一代一代传承下来。

20 世纪 80 年代，张范剪纸艺术迎来了春天。从 1981 年开始，张范公社每年春节都会举办一次剪纸展览。1987 年，又举办剪纸培训班，聘请中国剪纸学会理事王宾现场授课，建立了全省第一家农民剪纸协会，同时举办了首届会员作品展。同年，选送近百幅剪纸作品参加在黑龙江省黑河市举办的全国剪纸展，刘宗启、韩荣莲、王赵氏的作品获优秀作品奖。后来，张范乡剪纸协会又选送十余幅作品进京参加建国四十周年剪纸大展，剪纸名家刘宗启被吸收为中国剪纸学会会员。1990 年，北方文艺出版社出版《雪花剪纸集》，收录张范剪纸《石榴图》《喜鹊登梅》《鲤鱼跃龙门》《鲤鱼穿莲》《莲生贵子》等十五幅作品。

在刘宗启等老一辈剪纸名家因为高龄不得不放下手中的剪刀时，王庆权等后起之秀涌现出来。王庆权，张范剪纸传承人，十多岁时悉心观察农人耕作、孩童玩耍，及花鸟鱼虫的动态情致，梦想着将自己所见所思体现在剪纸和绘画作品里。于是他拜名师学习国画，向前辈们学习剪纸，国画水平和剪纸技艺提高很快。2000 年，他的国画作品《喜看黄金满家园》入选中国美协"新世纪中国书画精品展"。2016 年，剪纸作品《台儿庄古城》获中国第八届工艺美术博览会金奖。王庆权生活在剪纸之乡，作品注重表现农村生活，如《瓜农》《农家乐》等，似乎能嗅到浓郁的乡土气息。王庆权剪纸不再拘泥于前人涉猎的范围，他也用娴熟的技艺表现历史人物和人民英雄，创作了《奚仲造车》《铁道游击队》等剪纸作品，深受社会好评。

7. 伏里土陶

五千年的制陶记忆

枣庄市山亭区西集镇伏里村传说为伏羲故里。在这里发展形成的伏里土陶已有五千多年的历史。

伏里土陶最早见于伏里村北的建新大汶口文化遗址。1992年以后，考古部门先后三次对其进行大规模考古发掘，出土各类陶器两千多件，找到了伏里土陶的源头，其中一些精美土陶填补了我国出土资料的多项空白。2013年，该遗址被列为"国家重点文物保护单位"。

20世纪初至新中国建立前后，伏里土陶盛极一时，在鲁南地区制陶业中首屈一指。当时，全村二十四口大窑屋，上百名伙计，每天忙到大半夜，半月左右就能做好一窑。全村七处火窑，天气好时两天烧一窑。就这样，持续不断，周而复始。

这一时期的代表匠人有刘玉贵、张太昌、家争嫂、甘同臣等等一大批"耍货"匠人。家争嫂是当时最著名的女工匠，模制的"八角松枝盆"闻名乡里，远销微山湖西的鱼台、丰、沛数县。

伏里土陶制品大致可分祭祀、赏玩、生活三大类别，一百多个品种。祭祀类有方鼎、香筒、圆鼎等。玩赏类有大站狮、牛、马、蟾蜍、鸡、兔、鱼等，除狮子、牛、马及人物用于摆设外，大多数是儿童玩的口哨。生活类主要有瓦缸、大小花罐以及妇女梳妆用的八角松枝盆、烫酒用的酒壶等。玩赏类制品又以鸟壶、蟾蜍、狮子为代表。鸟壶，来自东夷鸟文化。蟾蜍，

伏里土陶

来自女娲崇拜。而在伏里人的眼里，蟾蜍又是月宫嫦娥的化身，是月亮的精灵，他们把它的形象做成儿童的辟邪玩具。伏里土陶中的狮子不张牙、不舞爪，侧目凝视，温驯善良，融进了鲁南人"质直礼让近鲁，宽缓阔达近齐"的性格特点，反映出制陶艺人质朴的心地和对美的追求。

1978 年，经西集公社文化站站长、出身制陶世家的甘致有抢救发掘，这一古老工艺才得以涅槃重生。1982 年，甘致有制作了三十九种共六百余件土陶作品，参加了在中国美术馆举办的山东民间工艺美术品展览会。三天内，作品被抢购一空，流入四十多个国家和地区。他也被联合国教科文组织、中国民间文艺家协会授予"中国民间工艺美术家"称号。

伏里土陶艺人在技艺传承中，注意吸取各个朝代土陶艺术的优点，形成独特风格，具有新石器时代的形制、浓郁的汉代风韵、南北朝特色，表现手法传统、朴直，生活气息浓郁。中央工艺美术学院原院长张仃看后评价说："它是山东土陶中独系发展的稀有品种，不可多得。"

甘言军、甘言地、甘信祥、甘雯雯、甘秀秀等年轻一代将伏里土陶技艺传承下来，并发扬光大。甘言军、甘言地兄弟制作的陶壶系列、彩陶系列等作品受到广泛好评。甘言地还将土陶作坊开到了台儿庄古城。

2013年，伏里土陶分别获得国家地理标志产品保护商标、国家地理标志证明商标。2016年，伏里土陶还被选为枣庄市特色旅游纪念品。

8. 枣庄泥塑

用泥巴演绎的形象艺术

枣庄泥塑现为省级非遗项目，传承人为枣庄市山亭区山城街道薄板村人刘进潮。因其泥人做得出名，人称"泥人刘"。

据《古滕刘氏族谱》和祖碑记载：清道光年间，刘崇珩从山西老家学成泥塑技艺，从此代代相传。20世纪70年代前，薄板村刘氏族人共有三十多人从事泥塑手艺，有的专塑神像，有的外出授艺。周边寺庙、道观等多有薄板人的作品遗存，影响整个鲁南和苏北地区。

改革开放后，刘进潮从父亲手中传承了泥塑技艺，成为第六代传人。在做泥塑之前，刘进潮曾在澡堂给人搓过背。服务对象的高矮胖瘦、面部特征、体表特征留在了他的记忆里。因此，他在泥塑造型方面上手很快。他吸收了书法、绘画的一些技法，运用到泥塑技艺中，通过线条的疏密、曲直、长短等表现手法，加强表现力和装饰性，不但生动地表现了衣褶翻卷、穿插的层次，丝麻、纱绸的质感，还加强了人物的动静姿态表现，突

枣庄泥塑

出了人物的性格特点。他的泥塑作品追求形似，进而以形写神，达到形神兼备。

枣庄泥塑以民间重彩为主，充分吸收民间传统画工笔重彩技法，以淡彩为衬托，鲜艳明快，把传统的"三分塑七分彩"改为"五分塑五分彩"，绘塑结合，相互照应，色彩鲜艳浓烈，形成装饰性很强的鲁南艺术风格。

枣庄传统泥塑有"钟馗捉鬼""老子骑牛""屈原"等代表性题材。枣庄泥塑艺术内涵丰富，形式多样，融民俗、传统、艺术为一体，具有很高的艺术和经济价值。

9. 王氏铁艺

铁匠铺的匠心传承

两千年前，中国就有了制铁工艺。千百年来，人们的生产生活均离不开铁匠、铁器。发展至唐朝时，已形成了较高的工艺技术。枣庄市山亭区的王氏铁艺是全国为数不多的传承久远、掌握完整打铁技艺流程的铁匠世家。其祖上师承唐朝著名铁匠张鸦九，后因饥荒战乱，颠沛流离，在山亭定居，靠打铁谋生。王氏传统铁艺在当地远近闻名，第七代传承人王兴邦为八路军打过大刀。《山亭区村名志》记载，王氏世代打铁，第八代传承人王印甫的手艺最高，传至王建已经是第十代。

王氏传统铁艺主要生产菜刀、铁锅、农具、匠人工具等实用铁器，现在还为影视公司、博物馆、茶馆等定制铁艺品。王氏铁艺最常使用的工具有铁锤、火炉、火钳、钢锉、磨石等。

王氏传统铁艺的精髓是唐朝时期形成的铁匠技艺，其祖上传下来的有《王氏铁艺口诀》，讲究五行生克、精工细作、阴阳和合。王氏传统铁艺主要工艺有辨、炼、锻、合、淬、焖、消、磨、饰九字诀，从选材到成品需要三十六道工序、十八步冶烧，历经六万三千锤的锻打。

王氏铁艺讲究德艺兼修。祖上立下"穷达精艺""修行无人问，存心有天知"的家训，让后代子孙养成了"千锤百炼不敢省人工，精钢虽贵不敢减物力"的精益求精的工匠精神。所做铁器刚柔并济，具有极佳的实用性，且做工精致，具有极高的观赏性和收藏价值。

王氏传统铁艺在传承中不断创新，其自主研发的百炼花纹钢夹钢锻刀工艺做工不断精细化，更符合现代人的审美需求，让老手艺焕发新活力。他们还着力推进传统产业与现代媒介的有效结合，创新性发展，创造性转

王氏铁艺

化，进行短视频图文创作。目前，通过电商平台推进发展，王氏产品已远销国内外。现在，他们又建设了铁匠展馆，对古代打铁技艺进行深入挖掘，整理出了传统铁艺的形成渊源、发展脉络等，并通过实物和图文进行展示。打铁作坊展厅不仅可以观赏，还可以现场体验、研习铁艺。王氏以精益求精的工匠精神延续了祖先的高超技艺，还带动了区域内铁匠铺的发展，通过派发订单，扶持了十多家当地手工艺人，为脱贫攻坚与乡村振兴做出了重要贡献。王氏铁艺参与录制了中央电视台《开讲啦》《大国工匠》节目，荣获"泰山桃木王杯"山东省工艺美术金奖、"泰山设计杯"山东手造乡村振兴类优秀奖等十多项荣誉。

10. 枣庄砂陶

砂陶的味道

枣庄砂陶也称"夹砂陶"，以齐村为代表，其历史悠久，元代发展到鼎盛时期，呈现家家窑火、户户做陶的繁荣景象。齐村砂陶原始的制作工艺，被专家称为"活着的标本"。

据《峄县志·物产略》记载："一为土之属，赤殖黑坟（指红土与黑土）不一状，而钓台山土尤有名。至齐村、许池诸岭所产青垩、白垩，质坚性黏，作什器尤良……元时，钓台居民业陶者甚多，作治什器贾数千里，获利尤厚。"从这段记载可以看出，当时齐村砂陶已经非常出名。到了清代，一些山西人纷纷来到这里建窑制作陶器。《峄县志·物产略》记载："山西陶者窃据之，每岁作诸巨器，朴质坚重，凝如金石，转毂数百，行销四方，皆得厚直。"

新中国成立前，齐村尚有四十七处窑场，其中，十二家为砂缸窑，十家为砂盆窑，七家为砂壶窑，十八家为黑碗窑。如今，齐村西北隅沙河两岸、路口、田埂散落古窑址遗存的大量陶片和煤渣。这些都是齐村制陶历史繁盛时期的有力见证。齐村当地民间一直流传着"张家缸，李家盆儿，齐村砂壶真喜人儿"的顺口溜。如今六十多岁的人对齐村砂陶还留有深刻记忆。20世纪70年代以前，无论城里乡下，齐村砂缸、砂盆、砂碗、砂壶都是家庭生活必需品。尤其是齐村砂壶，透气性极好，灌上水可以直接放在焦炭炉上烧，水煮沸后便得到净化，入口绵甜，即使是夏天，放上茶叶过夜不馊。那时候，一条齐村街有七八家用这种壶烧水的茶炉，行人在茶棚下喝上两碗茶是一种享受。

齐村涌现出许多技艺精湛的制陶窑户，其中项氏砂陶大作坊就是最突出的代表。

齐村砂陶的制作工艺大致分为选料、踩泥、制坯、阴干、入窑、烘烧等十几道程序，而其中选料、制坯、阴干、烘烧四道工序尤为重要。主要产品包括粗砂壶、大砂缸、砂盆、罐、坛、油灯、油瓶、酒壶等日常生活用品。在保持原有古老工艺的基础上，项氏传承人存古创新，不仅使齐村夹砂陶艺术瑰宝重现异彩，而且在就地选料、新配方研制、产品功能、设计创意等方面继续突破，现已形成存古、仿古、创新三大系列，实用、观赏、工艺三个类别一百多个品种。

齐村砂陶的独特在于既有砂的透气性，又有土的可塑性。素心素面的齐村砂陶，经陶工之手捏制拍打成型，同时融入制作者的思想，点石成金，使方圆之润，呈现出万千气象。既有土陶的质朴，又不失瓷的高贵。齐村砂陶已从实用的日用品，提升为层次更高的艺术作品。它是土与火的艺术，经过项氏家族五代人的延续传承，形成了"古朴典雅，粗细相融"的独特艺术风格。黑砂壶等陶器质地较粗，器形粗犷，并与含砂的胎质和炊煮的使用功能相协调，保持了传统的制陶工艺。黏土中掺入细砂颗粒，增强陶器的耐热急变性能，高温焙烧下不变形，制成的陶器再次受热不破裂，可作炊器，如陶罐、陶鼎、陶壶、砂锅、砂盆、火锅灶具等。原料配方由独创的紫页岩、红砂岩、红土、黏土和煤矸石配比使用。产品质地由粗变细，色泽由单色变多色，产品由单一向系列化发展，集实用、观赏于一体，

齐村老窖

蕴含深厚的文化内涵。

齐村砂陶在传承中求创新，求发展，产品受消费者和藏家喜爱，有些产品获发明专利和大奖。2005年，砂陶作品《金瓶梅酒瓶》《船型酒器》和《新疆仿皮囊酒瓶》经藏家之手被中外酒瓶博物馆珍藏。2008年，"仿真昆虫系列"作品在世界蝴蝶昆虫博览会（韩国咸平）展览。2012年6月，陨坑釉技术和"焗陶大印章"获得国家专利证书。同年，作品《冠世榴园》获首届中国春节旅游产品博览会银奖。

11. 古建砖瓦

筑造建筑的古风古韵

青砖、灰瓦是古代建筑最广泛使用的材料，其色彩也形成了古建筑的主基调，是中国古代建筑文化的重要元素，具有独特的中华民族传统韵味和深厚的文化内涵。走进枣庄市宏帝古建文化发展有限公司厂区，人们会被那里摆放的近两百个品种的宫殿、古城、寺庙及民用建筑使用的青瓦、青砖、望兽、走兽、花脊等所吸引，同时会深深地感受到古风犹存、古韵绵长。

该厂区位于市中区税郭镇纪官庄村北，西面便是谭家河。谭家河河水哺育了纪官庄人，而其转弯处因长期冲击形成的泥土，则是烧制青砖、灰瓦的优质材料。大约在清朝嘉庆年间，纪家人便在村北支起砖瓦窑，在河岸取土，制坯烧制青砖、灰瓦，一代代相承。2004年，纪官庄青砖、灰瓦的烧制技艺传承到纪启涛的手上。纪启涛是纪氏传统古建砖瓦烧制技艺第十三代传承人，他从小跟着爷爷、父亲玩泥巴长大，成年后对传统古建砖瓦制造情有独钟。

纪启涛传承祖传技艺也经历过一番曲折，虽然从小看着爷爷、父亲烧制青砖、灰瓦长大，小时候还因为偷吃敬窑的供品挨过一次打，但是那时的他对烧制砖瓦还不是很感兴趣。他梦想着到外地去拼搏，希望开创自己的事业。有一次，他在乘坐长途汽车时，看到路边有几家烧制青砖、灰瓦的土窑，工人们忙忙碌碌，这场景一下子勾起了他的思乡之情。他想起了祖传的技艺，想到了传承多代的砖窑，于是决定回到家乡建厂，把技艺传承下去。

2004年，纪启涛聘请村里的老艺人制作砖瓦，用爷爷、父亲使用过的砖窑，烧制青砖、灰瓦。古代青砖、灰瓦烧制工艺非常复杂，要经过磨制、压滤、陈腐、练泥、抽空等二十多道制作工序。其中，"磨制"是古法制作砖瓦比较耗时耗力的一道工序：取来的土晒干后，先用石碾碾碎，再放到石磨上反复磨，用粗细不一的筛子多次筛，才能变成所需要的土。这是一道劳动强度大、生产成本高的工序，其他工序大致也是如此。为了改变这种状况，2006年，纪启涛对磨制、练泥、抽空等采用机械化处理。在砖瓦烧制方面，传统烧窑，窑温完全靠经验控制，遇到阴雨天气、雾气重的时候，产品质量就会受到影响。窑温一旦出现偏差，对砖瓦的强度、颜色都会产生影响，就会造成质量问题，影响销售价格，甚至是声誉。于是，纪启涛决定将传统技艺与现代技术相结合，将传统土窑烧制，改为半机械化的推板窑烧制。这样，窑温可以在烧制过程中根据需要调节，生产效率、产品质量明显提升。

随着生产规模不断扩大和生产经验的积累，2021 年，纪启涛对制作砖瓦所需铝矾土、陶土等原材料使用比例进行优化配比，又投资两千多万元对磨制、抽空、烘干、烧制等十多项工序再次进行技改。其中的烧制，由之前的推板窑，改为辊道窑。这种窑，待砖瓦自动烧成冷却后，在窑尾就可以选级打包入库，再次提高了生产效率和产品质量。

纪启涛把"秦砖汉瓦"传统制作技艺与现代技术融为一体，制作出的产品更加美观、耐用。在他的厂区随便拿起一块砖、一块瓦，敲之便有金石之声。他的产品同时具有密度高、透气性强、吸水性好的优点，还可以保持空气湿度，耐磨损，产品质量已经远远超过传统方法制作的砖瓦。目前，纪启涛的宏帝古建已能烧制生产出青砖、灰瓦、五脊六兽等二百六十多个品

古建泥坯

种，年生产能力达五千多万片（个），产品畅销甘肃省的兰州、内蒙古自治区的赤峰、辽宁省的大连等城市。在山东省公布的首批"山东手造·优选100"名单中，纪启涛手工制作的"古建砖瓦"作品名列其中。

虽然纪启涛的青砖、灰瓦机械化生产规模已经较大，但大型古代建筑使用的龙形砖、兽头等仍然在用传统工艺制作。祖辈使用的七座老窑及一些生产工具也被他完好地保存下来。他把古老的技艺与现代技术巧妙融合，使青砖灰瓦焕发了青春的光彩，走出了非遗传承的可持续发展之路。

12. 峄城毛笔

闻名海内外的传统工艺

峄城毛笔久负盛名，现为省级非遗项目。其制作技艺传承了两千多年，产品远销日本、印尼、马来西亚等国家。

枣庄市峄城区，旧属峄县。战国后期，属楚国。汉至晋代，峄县（汉朝时名承县）先后隶属东海郡、兰陵郡。荀子任兰陵令后，在兰陵设坛讲学，兰陵、承县一带子弟形成好学之风。因之西汉时期，这一地区出现了疏广、疏受、萧望之、匡衡等经学大师。三国时期，又出现王朗、王肃等经学家。在这些人物的影响带动下，尚文好学之风绵延。于是，作为古人学习用具的毛笔就有了大量需求。传说，峄城毛笔制作技艺是汉丞相匡衡返乡时从长安带回来的。据《峄县志》及有关资料记载，清乾隆四十八年（1783），峄县知县张玉树建立兰陵书院。当时，读书学习之风盛行，毛笔产业也因此得到长足发展。而张玉树本人也对毛笔制作颇感兴趣，使峄县毛笔制作得到了官方支持，成为当时一个重要的手工产业。1967年，峄城区建立枣庄毛笔厂，实现规模化生产。2000年，枣庄毛笔厂更名为枣庄书源笔业有限公司，并获得五项国家发明专利。

峄城毛笔制作以鲁南独有的制笔风格为主，同时又把北方各门派的艺术风格融为一体，继承了传统手工艺。其选毫讲究，配料严密，制作精细，具有传统制笔特点，并以笔的四德"尖、齐、圆、健"为标准，得到国内外书画家的认可。

峄城毛笔有大楷、中楷、小楷、京抓、大腕笔等多种型号，四百多个品种，分高、中、低三个档次。选用当地原材料，采用传统软化技艺，保证了产品有柔有刚、柔中带刚，极大提高了毛笔的品质。毛笔种类以狼毫、羊毫、兼毫、石獾毫、紫毫

峄城毛笔制作车间

（山兔毛）、猪鬃、马尾等为主，近几年又研制出工笔、花卉、写意山水、花鸟、人物、齐派花鸟等系列画笔，和"真、草、隶、篆"等系列书法用笔，为书画爱好者提供了得心应手的工具。

峄城毛笔的生产工序复杂，从取材到制作成品需经过百余道工序。笔杆按产品等级用料，选用鲁南地区特有毛竹、中国湖南特产湘妃竹、福建凤眼竹等名竹，镶嵌有粤、桂产乌黑发亮的水牛角和上好的玉石旋制的笔斗、笔顶。开锋尖细，书写流利，柔而不软，刚而含柔，经久耐用。

如今，峄城毛笔已经成为当地文化产业的著名品牌，产品漂洋过海，远销国外。

13. 蚕丝织造

台庄运河畔，丝织传久远

台儿庄因大运河而闻名，古老的丝织技艺一代代流传下来。第五代传承人谭君已将其申报为省级非遗项目。台儿庄的丝织业最早可追溯至春秋战国时期，偪阳古城出土的陶器上即铸造有蚕形纹和帛纹。汉代，台儿庄地区的人民大量种桑养蚕，挖掘出土的汉画像石上就有采桑图。

明万历年间，泇运河开通后，台儿庄很快成为水陆码头。清康熙、乾隆年间，台儿庄已富甲一方，民间缫丝、丝织迅速兴起。清光绪年间，台儿庄的尤家开办了缫丝厂。尤家吸收民间缫丝、丝织能工巧匠进厂，并招收学员，其工厂迅速扩大，产品远销苏杭、济南等城市，获利甚厚。当时谭氏先人谭凤翔在厂里做学徒，经过多年的学习和经验积累，后来自己开办了蚕丝作坊，并将丝织技艺传给了后人。谭氏第二代传承人谭宝信（1898年出生）在台儿庄箭道街开办谭氏丝绸庄，在手工制作蚕丝被的同时，经营各类丝绸。第三代传承人谭中适（1935年出生）在南京开办了谭氏丝绸庄。

台儿庄丝织首选鲁南地区当季春茧中的双宫茧，使用运河水（俗称阳水）。煮出的蚕丝柔韧蓬松，阳光下晶莹剔透，呈象牙色。技艺流程主要有选茧、煮茧、剥茧、晾晒、拉丝、手工定位等。蚕丝主要用于制作蚕丝被。通过人工对蚕茧进行分解、拉伸，形成厚度尺寸不等的丝胎，然后用手工定位法将蚕丝与被面固定在一起。成品包装后远销各地。

台儿庄的气候属温带季风气候，四季分明，日照充足，热量丰富，无霜期长，非常适合养一季春蚕，生产的蚕丝坚韧有弹性，适合手工制作。20世纪70年代初，台儿庄普遍种植桑园，并成立了桑园绿化队、养蚕专业队。90年代初，台儿庄以"稳粮扩棉上桑蚕，大力发展林牧渔"为思路，打造"五万亩桑田，年产五百万公斤茧，缫丝一百五十万公斤，织绸五千万米，做成衣一千五百万套，总收入三十亿元"的台儿庄"丝绸之路"。这期间，谭氏第四代谭运玲与第五代谭君均凭借祖传技艺在台儿庄区缫丝厂工作。

随着传统文化的兴起，个性定制需求越来越多，谭氏第五代传承人谭君恢复谭氏丝绸庄，沿袭家族传统手工蚕丝制作技艺生产蚕丝制品，现已开发出几十种产品。谭氏蚕丝被成了男婚女嫁的必备品，中央电视台等媒体曾做专题报道。

谭君还对传统蚕丝手工制作技艺进行挖掘整理，同时研发出各种新产品，如车载靠枕被、午休被、子母蚕丝被。产品一经问世，就受到了广大消费者的青睐。

　　经过几十年的发展，谭君不仅传承了桑蚕缫丝、制造技艺，扩大了生产规模，还将其做成了文化。谭氏丝绸庄设有蚕丝作坊、文化展厅、传承讲习所等，使这一古老的文化记忆代代相传。

七

市井烟火

1. 柳琴戏

别名"拉魂腔"的地方戏

柳琴戏，又名"拉魂腔"，是枣庄人喜欢的曲种之一，当地有"三天不听拉魂腔，吃饭都不香"之说。2006年被列入第一批国家级非物质文化遗产名录。

柳琴戏用柳叶琴伴奏，也称"柳琴书"。柳琴戏形成于清代中叶以后，主要分布在山东、江苏、安徽、河南四省接壤交界地区。1953年正式定名为柳琴戏。因其曲调流畅活泼，节奏明快，并有多种花腔，又名"拉魂腔"。

枣庄地区的柳琴戏经历了一个漫长的形成发展过程，有"北路""中路"之说。锣鼓铙子是戏曲剧种，乾隆年间在滕县已相当流行。清嘉庆年间，滕县苏楼有文武两秀才苏金某、苏金门，家境富裕。兄弟二人赴省应试未中，回家惆怅不已，由于酷爱戏曲，便组班演出锣鼓铙子，自娱自乐。后人苏友刚自制一把柳叶琴演唱，后来发展成戏社，能够表演《老少换》《王二姐思夫》《郭大姐算卦》等剧目。滕县东部多是穷山僻村，村民在山坡上赶着羊群放牧时，会情不自禁地哼出自由调，名为"溜山腔"，后来传到滕县西部及运河两岸。北路柳琴戏早期班社影响较大的有苏班、高班、安班、卜班等。

清朝嘉庆中期，峄县西部陶官附近的民间艺人在运河号子的基础上，创造出一种曲艺形式，名叫"三句半"。每年秋后，或逢年过节,艺人们自发地组织在一起演唱,后组班演出。方圆十里,争相观望。

咸丰年间,从北山里来了两位老艺人,名叫高一(人称高老板)、八戒,在孙楼、李村招徒传艺,教唱锣鼓铳子。从此,唱"三句半"的艺人改唱锣鼓铳子。后来,高一、八戒到滕县东苏楼搭班演出,改学拉后腔,又回到孙楼、李村一带教唱,并增添柳叶琴伴奏,形成中路拉后腔这一剧种,在峄县西部及运河两侧扩散开来。至光绪年间,中路拉后腔趋向成熟,"华家班"闻名遐迩,演出地域逐渐扩大。到了光绪末年,仅峄县就有十多个班社。后来,拉后腔的唱腔、音乐都有创新,群众爱之入迷,故有"拉魂腔"之称。中路拉后腔的母本戏最初仅有八出,后来吸收外来剧目,约有二百余出。有名的老艺人有孙佃文、华继云、张文彬、贾熙元等。清末民初,拉后腔班社较有名望的有十多个。"五四运动"前夕,发展到三十多个。抗日战争爆发后,人民群众流离失所,艺人们没有了登台的机会。

新中国成立后,枣庄柳琴戏进入发展繁荣期,先后成立峄县柳琴剧团、枣庄市柳琴剧团、滕县柳琴剧团。20世纪70年代前后,台儿庄区、齐村区还曾成立柳琴剧团。枣庄地区主要演员有陈春花、邵来才、贾西元、黄诚仁等,演出的传统剧目有二百多出,主要有《樊梨花点兵》《王二姐思夫》《五女兴唐》《王华买爹》《西齐国》《葡萄架》等。演出的现代戏有《海上渔歌》《两垄地》《箭杆河边》《夺印》《江姐》《槐树庄》《丰收之后》《小女婿》等。剧团除在本市、区活动外,还经常到临沂、连云港、徐州、蚌埠、淮南、合肥、阜阳、济

柳琴戏演出现场

宁、菏泽、泰安、济南等地演出。

两百年栉风沐雨，枣庄柳琴戏在鲁南人民大众中成长，在一代代艺术家的演绎下逐步成为闻名全国的地方戏剧。枣庄市艺术剧院编演的大型柳琴戏《芳林嫂》再现了铁道游击队中女英雄芳林嫂的抗战故事。滕州市柳琴剧团编演的柳琴戏《誓言》，讲述了 20 世纪 80 年代中期村书记田立成带领村民脱贫致富、实现乡村振兴的故事。两部剧深受当地群众喜爱。枣庄柳琴戏形成了表演粗犷朴实、节奏明快、乡土气息浓厚的艺术风格。

2. 鼓儿词

用鼓与情合成的说唱艺术

枣庄小鼓，也叫鼓儿词，已有三百年的历史。它起源并流行于山东南部的邹、滕、峄一带，逐步扩大至鲁南、鲁西南和苏北地区。主要伴奏乐器为一直径二十厘米的羊皮鼓。这是一种稀有的曲种，使用鲁南方言，唱词简练、风趣、幽默，深受广大群众喜爱。

创始人石元朗家住邹县城南，系明朝末年的进士。由于不满朝廷的统治，他借说书来发泄心中的义愤，成为小鼓的一代宗师，被后人奉为"石门始祖"。清朝同治年间，滕县的陈忠泰、李洪儒、王怀正三位艺人和一位叫法明的和尚对小鼓的演唱形式和书目进行了较大的改革。伴奏增添了脚打木鱼，后来又改为木梆。光绪年间，陈忠泰的弟子张祥玉和孙士山废除脚打梆，改用手板。在书目上，他们不再局限于三国等历史故事，把当时流行的唐代"四大征"等十多个传说故事改编成小鼓演唱的唱本。

清朝末年，小鼓艺人刘鑫田、王玉田、孙士山等广为收徒，扩大和发展了小鼓的演唱队伍。王玉田的徒弟在峄县台儿庄一带创立了小鼓门户中的"南门"。孙士山的徒弟吴福坦把小鼓从邹县传至潍坊和东北几省，形成"北门"。刘鑫田的徒弟王成立、党延林等在邹、滕、峄一带享有盛名。20世纪四五十年代，出现了满秀殿、王兴信、聂顶荣、孙昭臣等鼓界公认的高手。之后，枣庄市最为著名的小鼓艺人要数滕县的赵景海和枣庄市市中区的徐佩。他俩从50年代起就不再看本说书，而是"淌口演唱"，从而把表演从唱本中解脱出来，以便充分调动演员的面部表情和形体动作，加强对人物的刻画和故事情节的渲染，使小鼓艺术向着更高的阶段发展。

赵景海，1923 年生，继小鼓北派名家王成立之后发展了北派的表演艺术。新中国成立初期，赵景海开始了小鼓艺术的改进创新工作，在原有唱腔基础上突破了一韵到底的十字句唱腔，大胆运用了七字句、五字句和叠句来唱出流水板、金钩挂、一串玲、垛子口和紧打慢唱。在道白和表演方面，他根据人物身份，适当运用戏曲中的韵白、做派。同时，还丰富了原有的歌赋和赞词。在伴奏方面，他在原有的"五鼓三板"的基础上，增添了"凤凰单展翅""凤凰双展翅"和"浪里翻花"，使小鼓书艺术向前发展了一大步。

赵景海还致力于新书的创作改编和演出。经他创作改编的中长篇新书《丰收之后》和《朝阳沟》等，一时被艺人们争相传唱。赵景海的表演有着独特风格，演唱鼓板明快自如，唱腔激越潇洒，白口喷吐有力，表演出神入化，被赞誉为"盖霸天的一声雷"。

徐佩，1928 年出生，十一岁拜峄县寨子村鼓儿词艺人陈广林为师，十四岁独立登台说唱《香莲帕》《岳飞传》《列国》《刘公案》等多部书。出师后，为了不与师傅争地盘，他就到边远的农村或苏北集镇上去说唱。六十余年的说唱生涯中，他的足迹遍布鲁南、苏北、皖北、豫东等地。

徐佩记忆超群，开创脱本说唱先河，无论是宋朝的《十粒金丹》《岳飞传》，还是元朝的《龙凤齐颜》《走马春秋》等，他都是靠记忆，从师父那里学来的。

20 世纪六七十年代，徐佩的鼓儿词说唱艺术达到炉火纯青，又开始说唱《烈火金刚》《平原枪声》《桥隆飙》等现代题材的作品。徐佩表演时巧妙地将手板与鼓声配合，演唱带着情感，绘声绘色，极富感染力。他还自编说唱词，先后推出了《罗通扫北》《血泪愁》等一批脍炙人口的作品。2009 年，徐佩成为省级非物质文化遗产鼓儿词的代表性传承人。

鼓儿词传承人徐佩

2006 年，徐佩以"江北水乡·运河古城"为主题，自编了十二分钟的《运河行》，做成录音带在当地电台播放。同年夏天，他根据清朝一代廉吏王鼎铭的故事，创作完成了鼓儿词《王公案》，并录成音带流传，成为一笔宝贵的文化遗产。

枣庄小鼓唱腔厚实，吐字清晰，手板节奏明快，小鼓咚咚有声，数百年来受到人民群众的喜爱。

3. 山东快书

群众喜爱的地方曲艺

20 世纪七八十年代，山东快书风靡全国，深受群众喜爱。当时，最具代表性的人物为高元钧、傅永昌、杨立德等。他们在长期的演艺生涯中，形成了各自的艺术风格，被称为"高派""傅派""杨派"。其中，高派的源头在枣庄市薛城区。

山东快书最初应是一种口头流传的民间曲艺，演唱的内容没有固定唱词，根据老师口授的内容现场发挥。它的起源众说不一，有说起源于明朝万历年间，有说起源于清朝咸丰年间，或是清朝道光年间。

山东快书又称"竹板快书""滑稽快书"，因以说武松故事为主，民间又称"说武老二的""唱大个子的"。以高元钧为代表的高派山东快书的源头十分清晰，高元钧的师父就是枣庄市薛城区沙沟镇戚庄的戚永立。戚永立，戚庄人尊称其为"江湖老爷"，"戚永立"是艺名，族谱中的名字是戚建旺。

戚永立于 1886 年出生在戚庄一个贫寒家庭，幼年时喜爱说唱。十二岁时，父亲将他送到薛城常庄镇大庄鼓书艺人蔺亭富（外号蔺瘸子，艺名蔺教友）家中学唱大鼓。三年学成后，戚永立开始在临城周围十里八乡说大鼓。戚永立自幼爱好武术，为了更好地发挥自身优势，他请人将《水浒传》中"狮子楼""武松杀嫂""石家寨""孟州过堂""十字坡"等精彩章节改成唱词，配合钢板来演唱。从此，戚永立改说"武老二"了。

抗日战争时期，戚永立从 1938 年开始，带着家人、徒弟先后到郑州、武汉、上海等大城市演出。"说武老二"这种演唱形式开始在上海滩走红，戚永立被听众誉为"震三江""独行千里一只虎"。

戚永立在外漂泊五年之久，回乡后，曾在家乡附近的周营、邹坞、峄城、韩庄、微山等地的集市、庙会演唱。1944 年，五十八岁的戚永立贫病交加，在家中去世。他在临终前留下遗嘱，把跟他数十年的竹板、钢板传给徒弟高元钧。

高元钧，原名高金山，1916 年生于河南省宁陵县张弓乡西四里和庄，幼年家贫，七岁即跟随双目失明的四哥背井离乡，卖唱乞讨。1930 年，高元钧在南京怡和堂露天杂耍园子正式拜戚永立为师。学艺三年出师后，他辗转各地演出，在山东快书的发展中起到了承前启后的作用。首先，他净化了传统段子，把传统段子的"荤口"删除，再加工，形成了有文字记载的"净口"传统段子，广泛流传。其次是开创了山东快书说新、唱新的新路子，使山东快书这一曲种成为宣传党的方针政策、优秀人物的先进事迹的说唱艺术。1949 年 6 月，高元钧灌制《鲁达除霸》唱片时，在唱片社吉联抗、何慢、吴宗锡等的协助下，根据发祥地、内容及语言特点，将"说武老二的"正式定名为"山东快书"，使这一民间说唱形式成为一个独立的曲种。

傅派山东快书与枣庄也有关系。傅派山东快书创始人傅永昌（1907—2000），原籍山东聊城傅家老庄，九岁习唱山东落子，后拜山东大鼓名家阎教言为师，习唱山东大鼓、二十四岁得"活武松"邱永春授业演唱山东快书。傅永昌与高元钧相交甚厚，相互切磋，各有特色。演艺界有"高派的架子，杨派的口，傅派的词"之说。1986 年底，傅永昌的关门弟子武道君与枣庄结缘，成为枣庄市曲艺团山东快书演员。2004 年，由枣庄人民广播电台录制的《傅派快书，魅力永存》获中国广播奖一等奖。

山东快书传统书目有《武松传》《大闹马家店》《李逵夺鱼》《狮子楼》《十字坡》等，新编书目有《学文化》《矬大嫂》等。表演形式、演唱特点鲜明，演唱人先是手拿竹板开场

山东快书表演艺术家高元钧

吸引观众，人到得多时，竹板往胳膊上一挎，用钢板（也称"鸳鸯板"）打节奏进行演唱，其打法为一刀切的"的个铛，的个铛"，且末声不带哨音。表演还注重手、眼、身、法、步的运用，动作精练，点到为止。表演过程中讲究"包袱""扣子"等技巧。演唱快而不乱，慢而不断，唱词多为七字句，曲目多为单段，是群众喜爱的说唱艺术。

4. 皮影戏

光影梦幻的民间戏

皮影戏，又称"影子戏"或"皮人子戏"，是一种用兽皮、纸板等借助灯光投射影子，以锣、鼓、镲为伴奏乐器，边表演边叙述故事的艺术形式，属民间戏剧的一种。

皮影戏起源何时众说纷纭，传说最早出现在殷商时期。宋代高承的《事物纪原》记载："言影戏之源，出于汉武帝李夫人之亡，齐人少翁言能致其魂，上念夫人无已，乃使致之。少翁夜为方帏，张灯烛，帝坐他帐，自帏中望见之，仿佛夫人像也，盖不得就视之。由是世间有影戏。"即是说，皮影戏起源于汉武帝时期。到了宋代，皮影戏就已盛行于宫廷、市井。至于皮影戏何时流入枣庄地区，已无从考证。据资料记载，至新中国成立初期，枣庄境内尚有十几家数十人表演皮影戏。因其道具制作困难，表演复杂，加之受电影、电视艺术的冲击，以此谋生困难，逐渐衰落。近年来，枣庄境内只有山亭区的陈守科、邢如雨、韩邦传等人能够进行皮影戏表演。他们表演的皮影戏，统称为"山亭皮影戏"。

在众多"非遗"保护项目中，山亭皮影戏独树一帜，具有演技奇妙、唱腔悠扬的独特魅力。"一口叙述千古事，双手舞动百万兵"就是对山亭皮影戏非常生动形象的概括。

山亭皮影戏，大约形成于清中期，是由河北滦州流传到山亭的。有人曾梳理过山亭皮影传承人邢如雨、陈守科及韩邦传的传承谱系及表演特点。

邢如雨的老师祖张士田约生于清乾隆年间，山东平邑县魏庄人。张士田没有后人，收徒韩传德、韩传玉兄弟二人。韩氏兄弟生于清嘉庆年间，平邑县白彦人。韩氏兄弟家境贫寒，二人相依为命，十二三岁就拜师学艺。后代代相承，传至李庆全。李庆全，滕县辛召村人（今属山亭区徐庄镇），出生于1912年。他是当时济宁地区著名的皮影表演艺人，他的演唱声音清亮柔美，腔调变化多端，既能表现男子汉的威武，又能演绎女性的妩媚。1962年，他赴省城参加比赛，在高手云集的情况下，取得第二名。李庆全又传邢如雨、邢如良。

邢如雨，1954年出生于滕县邢山顶村（今属山亭区徐庄镇），十六岁拜李庆全为师，多年后与堂哥邢如良联合演出，后成立邢氏皮影班，演出传统剧目《西游记》《东游记》系列，其中《西游记》里的《孙悟空三打白骨精》《孙悟空大战牛魔王》最受欢迎。

陈氏皮影的传承谱系为：祖师是滕县长城村（今属山亭区水泉镇）的王进权，传山亭雪山道士刘景云，传滕县官庄村（今属山亭区山城街道）陈德义，陈德义传其子陈守科。陈守科，1960年生，系山亭皮影戏省级非遗传承人、山花皮影第四代传人。

刘景云是一名道士，他的演唱加入了化缘时的"哼哼调"，加上鲁南地区的梆子戏调、大鼓调等，逐步形成了鲁南地区特有的皮影戏唱腔，即"经腔魔调、九腔十八调、七十二哼哼"。

陈守科七岁时开始学习皮影戏，十岁就能表演。父亲去世后，陈守科组班到黑龙江、辽宁、天津等二十多个省市、乡村

山亭皮影戏

演出。2014 年，他荣获"山东省十大模范传承人"称号。

山亭皮影戏传承人韩邦传，为山亭区凫城镇文王峪村人。师祖是山东省微山县朴家湾村的朴师傅，朴师傅传滕县驳山头村（今属山亭区山城街道）赵玉兰，赵玉兰传峄县文王峪村（今属山亭区凫城镇）韩荣清。韩荣清十九岁时拜赵玉兰为师，苦学三年，自己制作皮人，在附近村庄巡回演出。当时他在当地很有名气，人称"韩石头"。韩荣清又传儿子韩邦传。

皮影戏在演出时，艺人们都有操纵皮人、道白配唱、伴奏同时兼顾的本领。而操耍和演唱都是经过师父口授心传和长期勤学苦练而成的。有的高手一人能同时操耍七八个影人，武打场面十分热烈，紧锣密鼓，皮人枪来剑往、上下翻腾，热闹非常。而文场的伴奏与唱腔又音韵缭绕、优美动听。总之，其唱腔或激昂或缠绵，有喜有悲，声情并茂，动人心弦。

山亭皮影艺术在长期的发展过程中，形成了独特的艺术形式，成为受群众欢迎的表演艺术之一。

5. 独杆轿

与民同乐的"县太爷"

每年春节期间，枣庄市峄城区的艺人们都要展示他们的绝活儿——独杆轿表演。这轿上的"县太爷"要"与民同乐"，为节日增添喜庆气氛，给人们带来快乐。2009 年，独杆轿入选省级非物质文化遗产项目。

峄县独杆轿是一种地方传统戏剧，属于秧歌、竹马、狮子龙舞、高跷、花船等民俗游艺活动中的一个艺术品种，流行于鲁南地区，发源于枣庄市峄城区，为颂扬清官张玉树而创作。当年大年初一，老百姓抬着独杆轿到县衙门拜年。张玉树率领全家给百姓拜年，并端着糖果、花生、瓜子、茶水热情接待。朝廷命官"与民同乐"、集体大拜年的风俗，从张玉树开始在峄县地区延续下来。独杆轿这种民间表演艺术也在民间流传开来。

独杆轿表演时，由两名轿夫抬着一根五米多长的竹竿，县官手捧大印坐在竹竿上，轿前有两名旗牌手，旗牌上分别写有"一身正气""两袖清风"的字样。出演者皆着戏装，扮相为老旦、青衣、娃娃生、娃娃旦等。唢呐乐队走在队伍的最前面开道，演奏的乐曲为秧歌调、拉魂腔等地方戏曲。轿后有两名随从，用竹扁担挑着五谷杂粮、水果及鱼鳖等地方特产。

在行走过程中，随着唢呐伴奏的旋律和节奏，轿夫、旗手步调一致，左右徘徊，表现出上岗、下坡、快进、慢行等。县官在竹竿上翩翩起舞，做出各种有趣的动作，给人以惊险、滑稽之感，让人叹为观止。

独杆轿表演技艺，关键是坐在竹竿上的县官和两名抬竹竿的轿夫。县官坐在竹竿上做出各种滑稽动作的同时，竹竿要上下颤动，县官、轿夫必须配合默契。稍有不慎，县官就会从轿上摔下来。

清末军阀混战，社会动乱，这种表演活动中断。直到新中国成立后，独杆轿表演才随着秧歌、竹马、狮子龙灯的复兴，再度露面。20 世纪 80 年代初，峄城区恢复了民间传统艺术。

独杆轿表演

在老艺人的帮助下，峄县清官独杆轿又和观众见面了，之后一直保留下来，成为峄城区的"看家戏"。近几年春节，当地艺人又受邀到台儿庄古城表演，让外地游客大饱眼福。

6. 运河船工号子

流淌在运河里的劳动之歌

运河船工号子是运河帆船上号令船工进入劳动状态、统一劳动步调、提高劳动情绪的劳动歌谣，俗称"船歌""河边的歌"。明万历年间，迦运河凿成通航，每年运粮漕船两万余艘，首尾衔接十几里。伴随船队的，就是此起彼伏、气势磅礴的号子声。打篷、拉纤、摇橹、撑篙各种号子声响彻云霄，形成了"南来北往船如梭，处处欣闻号子歌"的热闹景象。

船工号子形式多种多样，是船工们在劳作时的即兴创作，与劳作紧密伴随。其相关器具众多，包括漕运船及船上的桅杆、篷布、橹、篙、铁锚、纤绳、定船石等。可以说，船上有多少道操作工序，便有多少种船工号子。

　　船上常用的号子主要有起锚号、冲号、拉纤号、招号、缆头号、搅关号、撑篙号和摇橹号等，而且每种号子各有其作用。其演唱形式除起锚号为齐唱外，均为一领众和。船工号子种类不同，节拍也有所不同。撑篙号就有快拍和慢拍之分，逆水行舟时须用力撑篙，而且撑篙的节奏要加快，所以就用快拍号子；顺流航行时船只行驶平稳，撑篙不需太大力气，节奏也无须太快，便可用慢拍号子。唱号子一般需要一领号者，待领号者唱出，其他人随之应和。领号者要根据船舶行驶状态，掌握号子的轻重缓急，以调动大家的情绪和步调。唱号者可以边干边唱，也可以站在船上专司其职，船民们称此类号子为"甩手号"。当船舶行驶到船多、人多之处，哪只船的号子响亮有力、气势不凡、引人注目，哪只船的主人便会倍感荣光与自豪。因此，号子便成了一种船主实力的标志。起锚号是在铁锚久拖不起时，船工用力拔锚所唱的，船工们抓住锚绳，边拉边唱："千斤呀，万斤呀，嗨！铁锚呀，动身呀，嗨！"铁锚便在众人的齐声唱和中被缓缓拔起。船工们所唱的冲号，亦称"凤凰三点头"，是在船舶即将开航时唱的。船工大师傅将纤绳搭在肩上，口中唱道："我要拉——哟嗨！"这一句便是给船上伙计一个信号——船要出发了。听到这一句号子，伙计们无论是正在吃饭，还是正在干别的活，都要立刻起身，一边撤掉搭板，拿起竹篙，一边口中长长地应道："哎——"众人便进入工作状态，各司其职。大师傅接着唱："喂喂，啊——我要拉哟，嗨！"众人再随号应和，一齐用力，如此反复三次，船便缓缓启动了。"哟——嗬——嗬—— 一声号子我一身汗，一声号子我一身胆。"在运河岸边居住的人们一听到那错落有致、韵味悠长的船工号子，便知道又有船只拔锚起航或歇锚靠岸了。

在运河船工号子中，纤夫号子唱得最响亮，最震撼人心。漕船进京都有期限规定，没有特殊情况严禁误期。所以，有时在逆风和遇到水溜的情况下，就要靠纤夫拉拽。有些大船需要几十人，甚至上百人拉纤。为了动作协调一致，大家便唱起纤夫号子。这号子粗犷豪放，响彻运河两岸。

新中国成立后，由于机船的使用，唱了数百年的纤夫号子及其他运河号子已成"绝唱"。在台儿庄运河古城南岸的纤夫村，仅有几位老人能完整地唱出韵味悠长的运河号子。

运河船工号子经过四百多年的传承，成为运河文化标志性符号之一。有关部门已进行抢救性挖掘整理、加工揭炼，赋予时代新意，进行排练表演，使之成为群众文化活动、文化旅游项目的一个重要形式和新亮点，成为台儿庄运河上流淌的歌。

7. 沧浪渊庙会

孔子闻《孺子歌》处的盛大庙会

沧浪渊庙会过去一直是"祈福庙会"，也是鲁南苏北地区最具影响力的庙会之一。人们从四面八方赶来祈福，体验庙会的盛况，感受民俗文化氛围。

沧浪渊地处枣庄市山亭区凫城镇王家湾村南群山之中，自古即为风景名胜。沧浪渊上源即古承水之源，其下至枣庄市市中区孟庄十三公里，古称"沧浪之水"。明代文学家贾梦龙称沧浪渊为"尘世蓬莱"。因前有孔子在这里闻听《孺子歌》，后有宋徽宗皇帝赐额、明洪武皇帝赐祭，此地声名远播。因此，沧浪渊及北侧的霖泽庙成为一方"圣地"。

相传，沧浪渊有神龙，保佑一方风调雨顺、五谷丰登。唐代建有龙神祠。宋宣和二年，徽宗赐额"霖泽"。每遇干旱，州县官民都要前往求雨。传说，"旱祷辄雨"。霖泽庙内一截残碑上有"大明洪武元年赐祭"的字样。明进士丁本《重修霖泽庙记》说："庙而祀之，不知几千百年矣。春而祈蚕，秋而报谷，以牲醪祷于祠下者无虚日。"后来，神龙演变成了苍老爷神，庙里塑了苍老爷像，还为他的夫人苍奶奶塑了神像。民间传说，这苍老爷神主司风雨雷电，还能让鲁南地区免受雹灾、蝗灾。后来，苍老爷因私自行雨，违反天条，被贬镇守江西九江口，但仍保护山东人坐船平稳过江。苍奶奶神则主婚姻、家庭、生育。于是，苍老爷、苍奶奶就成了鲁南民间的保护神、福神，香火旺盛。所以，每年三月三庙会，枣庄本地及周边临沂、济宁和江苏省徐州等地有近十万人前来赶会。

沧浪渊庙会地点集中在霖泽庙周围，外地人及路途遥远者要在三月初二日傍晚赶到，搭帐篷住下。若要次日进行货物交易，还需要提前选好摊位。当晚，各地香客接踵而至，进庙敬

香，直至次日。

三月三日上午十点左右，沧浪渊庙会开始进入高峰。霖泽庙周围、沧浪渊上下，摊点密布，人流涌动。销售的物品极具山区特色，有山花椒、山鸡蛋、干豆角、辣椒豆、老咸菜、大煎饼、大烧饼、香油、豆油、花生油，也有当地产的楸花茶、桔梗茶、金银花茶、石竹茶等花茶，还有当地艺人制作的泥人、面人、糖人、泥哨，以及竹木玩具等。古时庙会上还有大姑娘、小媳妇喜欢的各类绣花用品。附近还有各种民间演艺活动，有大鼓、小鼓、山东快书、柳琴戏，杂技、魔术、耍猴等表演也少不了。

庙会上给人留下深刻印象的还有当地的美味——羊肉汤、丸子汤。庙会的前一天晚上，师傅们就将羊肉汤锅、丸子汤锅支好，开始用沧浪渊的泉水煮肉、煮丸子了。逢会当天早上七点左右，炊烟在山谷中袅袅升起，不一会儿，羊肉汤锅、丸子汤锅就熟了，热气蒸腾，香气四溢。

沧浪渊霖泽庙地处深山，远离城市。每年庙会，人们从四面八方像朝圣一般来到此地，极为热闹。为更好地传承优秀传统文化，山亭区已连续举办六届"沧浪渊民俗文化艺术节"。艺术节期间还有非遗项目表演、非遗项目产品展销活动，丰富了沧浪渊庙会的文化内涵，也使这个节会更具活力和魅力。

8. 青檀寺庙会

冠世榴园深处的千年庙会

冠世榴园深处的青檀寺庙会是枣庄地区最有影响力的庙会之一。这里距离县城较近，每年清明庙会，老百姓都会来到青檀寺。

青檀寺庙会和众多庙会一样，是一种传统民俗活动。庙会上有民间演艺活动，说书的，唱戏的，武术表演的，耍猴的，应有尽有。还有各种货品售卖，如敬神用的香烛等民俗用品，还有大姑娘、小媳妇喜欢的绣花线、绣花针、各式绣花剪纸，小孩子们喜欢的泥哨等各种玩具。当然，庙会最热闹的地方还是特色小吃摊点。羊肉汤、辣汤、丸子汤味道绝对地道，看了就想喝，似乎比任何时候都好喝——这就是庙会的魅力。所以，一年又一年，赶庙会的人越来越多。随着冠世榴园影响力增大，这庙会的名气、规模也越来越大。

为了赋予庙会更深的文化内涵、更浓的文化气息，助推旅

游发展，峄城区举办了"逛庙会·游古寺·赏民俗"主题系列
活动。除举办传统的非遗文化项目演出外，青檀寺庙会还融合
石榴文化、民俗文化元素，设置了非遗文化产品区、本地农副
产品区、民间手工艺产品区等，集中展销石榴茶、石榴汁、石
榴根雕、峄城毛笔等特色产品。石榴元素工艺品种类繁多，特
色鲜明。酸甜可口的石榴煎饼香气浓郁，受到了游客的青睐。
手工制作的石泉粉条、老峄县传统蓝印花布等非遗美食、非遗
传统技艺吸引了人们的目光。庙会通过现场展览、展演、展销
的方式，让人们在游古寺、赶庙会的同时，感受到优秀传统文
化的魅力，在庙会上体验一次时空穿越。

9. 枣庄羊肉汤

来枣庄一定要品尝的美味

枣庄羊肉汤以味鲜、无膻味、肉质鲜嫩、风味独特闻名，历史十分悠久。传说春秋末期，大夫范蠡功成身退，偕西施离开越国，辗转来到风景秀丽的滕国陶山（今属滕州市羊庄镇）隐居。二人见山下薛河岸边水草丰美，便在此牧羊，并烹饪出味道极其鲜美的羊肉汤。当地人便向他们学习养羊，并把羊肉汤作为一种美食流传下来。有人说西集、羊庄一带的羊肉汤出名与范蠡和西施有关。

枣庄羊肉汤好喝的关键在于肉质、泡制方法和配料。羊要选上等的青山羊，俗称"山羊猴"。这种羊个头小，善攀爬，一般在山林中放牧，所以肉质好。宰杀后浸泡出血水，再下锅煮，还要放一些自己配制的调料。煮的火候也要掌握得非常好，过了有些腻，欠了不适口，要不温不火，恰到好处。煮熟后要分门别类放置，选最好的羊肉加上辣椒、芫荽、食醋等佐料调拌后就可以装盘了。调羊肉也有学问，有热调、凉调之分。枣庄市市中区道北羊肉汤馆将凉透的熟羊肉切片后放在盆里，再放些自制的辣椒酱、芫荽、盐、醋等佐料调拌。这样调制的羊肉筋道，咀嚼后肉味浓郁。西集、山亭等羊肉汤馆则将新出锅的热羊肉切片后，加上烘烤过的干辣椒末及其他佐料调拌，或是将凉了的羊肉切后放入烧开的羊肉汤里氽一下，用漏勺捞出来，再配以辣椒等佐料调拌。热调的羊肉松软，味道鲜美。

各羊肉汤馆烧制的羊肉汤也各有千秋，有"青汤""白汤"

之分。有的羊肉汤馆习惯将羊肉及五脏六腑放在一口锅里煮，这样煮出来的汤有些浑浊，看起来发青，故名"青汤"，当地还习惯把没有放肉的汤也叫"青汤"。这种汤味浓，原汁原味，当地人比较喜欢。

枣庄羊肉汤

所谓"白汤"，是指用羊肉和骨头煮出来的汤，呈乳白色，像是新挤出的羊奶。这种汤清淡，爽口，味美。

羊肉在制作方法上花样很多，炖、煮、煎、炸、炒、烘，各有特色。一只羊能做出羊头肉、羊眼、羊心、羊肝、羊肠、羊蹄等三十多道菜。所以有的羊肉馆就叫"全羊馆"。

枣庄羊肉汤馆还有一大特点，就是不讲究装修，店铺看上去很普通，只讲究肉汤的质量、味道和卫生。店内店外多是"地八仙"矮桌，座位也是小马扎、小板凳。一桌挨一桌，大家坐下来喝酒、吃肉、交流，距离近且自然。相邻饭桌互不介意，朴实的民风尽显其中。

长期以来，枣庄羊肉汤慢慢形成了一种地域特点鲜明的民俗文化。冬至、入伏等时令和节日，当地人必吃羊肉、喝羊肉汤。因为羊肉具有滋阴补阳的效果，传统医学又讲究"冬补阳，夏补阴"。所以，枣庄地区就有了"喝伏羊"的传统。每年冬至、入伏、春节，出嫁的女儿往往要买羊腿给父母送过去。

在枣庄，民间至今还有给断奶的孩子"膻肠子"的习俗。幼儿断奶准备喂饭之前，先喂羊肉汤，谓之"膻肠子"。通过"膻肠子"，改善孩子的胃口，增加孩子的食欲，有利于孩子健康成长。

枣庄羊肉汤是一种美食，也是一种地域饮食文化。

10. 枣庄辣子鸡

以辣、鲜、香闻名的佳肴

枣庄被称为"中国辣子鸡之乡"。枣庄辣子鸡的特点是色鲜、油润、肉香、辣味十足。游客来到枣庄，无论能不能吃辣都会品尝一下辣子鸡。

枣庄人食辣子鸡的历史悠久。在物质并不充裕的年代，家里来了尊贵客人，主人便会把自家养的小鸡抓来，再到菜地里摘些辣椒，一盘香气四溢的辣子鸡便端到待客的餐桌上。一家做，百家效仿。枣庄辣子鸡在明末清初就是枣庄人舌尖上的群体记忆。

1886 年，台儿庄运河码头聚魁园饭馆厨师彭启率先将枣庄辣子鸡这一民间佳肴引入饭店，深受南来北往的船客们喜爱。

枣庄辣子鸡味道美的秘诀之一就是选用当地的优良食材：孙枝鸡、皱皮辣椒、地方传统技艺酿造的酱油和食醋，以及生姜、大葱、芫荽等当地所产调味料。

山东风味历来以咸鲜为主，枣庄菜却被称为"十菜九辣"。地域饮食文化是长期积淀的结果，枣庄人喜食辣味，是由三大人文原因叠加形成的。一是古代的枣庄地区曾先后两次归属古楚国，楚人食辣，当地居民深受影响；二是大批的山西移民来到枣庄，保存了故乡喜辣嗜醋的饮食习惯；三是枣庄矿区周边有一批来自济南、泰安的回民兄弟，他们的

枣庄辣子鸡

先祖为甘肃、宁夏人，那里有食辣传统。种种因素叠加在一起，形成了枣庄独特的饮食习惯。

　　枣庄辣子鸡烹饪技艺成功申报了山东省非物质文化遗产项目。2016年，枣庄市又成功申报为"中国辣子鸡之乡"。目前，枣庄全市有辣子鸡特色店、专营店众多，口味各有特色。枣庄辣子鸡已成为本地宴席上的招牌菜、地方饮食文化中的标志菜，是天南地北枣庄人的家乡味道。

11. 黄花牛肉面

传承了六百余年的小吃

　　运河古城台儿庄有一道美食叫"黄花牛肉面"。台儿庄的黄花牛肉面，由当地传统的清真饮食"金针氽汤面"传承演变而来，起于元末明初，已有六百多年的历史。

　　据考，元至正二十七年（1367）十月，朱元璋以徐达为征

房大将军、常遇春为征房副将军，率二十五万大军北伐讨元，历时三个多月，平定山东。常遇春统率军队的主力多为回民子弟，曾在台儿庄一带征战。战后，部分伤残兵卒就地安置定居。明后期，京杭大运河经微山湖改道向东，台儿庄遂成水旱码头，"商旅所萃，居民饶给，村镇之大，甲于一邑，俗称天下第一庄"。清乾隆七年（1742），阿訇李中和主持兴建了占地3333平方米、建筑面积800平米的台儿庄清真大寺。各地回民客商纷纷来此商住礼拜，台儿庄就成了鲁南苏北地区最大的回民聚居区之一。清真饮食文化随之落地生根，渐成习俗。

"汉人的饺子回民的面"，金针氽汤面是台儿庄清真饮食的名品，一年到头，也仅在春节、斋节、鸿喜寿诞之际才会有。此面以牛大骨、牛腱子肉和金针（黄花菜）、手擀面条为基本食材，将牛骨熬成高汤，加入切碎的牛肉、金针和诸多佐料一起炖煮，做成"氽子汤"，手擀面条清煮入碗"氽汤"而食。因其食材高档、做工精细、营养丰富、口味香脆，又有温经健胃润肺的养生功用，深受人们喜爱。特别是斋节期间，回民白天整日不能进食，早餐尤为重要。于是，营养丰富的金针氽汤面便成了首选。

20世纪90年代，金针氽汤面走入市场，成为几十家清真面馆的主打品牌，较为知名的有沙延喜的沙家、宋家启的宋家和高瑞峰的高家。其中，将金针氽汤面正式定名为黄花牛肉面的是宋家启的"宋师傅黄花牛肉面馆"。宋家启在传承传统的基础上大胆创新，形成了自家独特的秘制配方和制作工艺。2003年，"宋师傅黄花牛肉面"被收入《山东省旅游资源目录》，此后又入选"山东省地方名吃""枣庄市非物质文化遗产"。

黄花牛肉面，好吃的关键在于汤。牛骨高汤加牛肉、黄花，还有秘方配

黄花牛肉面

制的佐料同锅熬煮，才有这一碗香气四溢的面。秘制的佐料装在几个"魔盒"里，汤成后捞出，加入神秘的配方，这样制作的黄花牛肉面才正宗。

如今，黄花牛肉面已经成为古城台儿庄的招牌美食。

参考文献

[1] 李广星著：《滕州史话》，中华书局 1992 年版。

[2] 邢兆良著：《墨子评传》，南京大学出版社 1993 年版。

[3] 安作璋主编：《中国运河文化史》，山东教育出版社 2001 年版。

[4] 枣庄市政协文史资料委员会编：《枣庄人物春秋》，中国文史出版社 2005 年版。

[5] 滕州鲁班研究会编：《鲁班的传说》，齐鲁书社 2008 年版。

[6] 邓滕生主编：《山东区域文化通览·枣庄文化通览》，山东人民出版社 2012 年版。

[7] 邓兴珍、陈炜晗、黄友龙著：《抗战英雄孙伯龙与运河支队》，中国社会科学出版社 2016 年版。

[8] 王庭芝、王壮、王展著：《百年追梦——基于文化视野对中兴煤矿公司的解读》，人民出版社 2016 年版。

[9] 朱法武著：《台儿庄大战史》，中国社会科学出版社 2017 年版。

[10] 中共薛城区党委研究室编：《铁道游击队队史》，中国文献出版社 2005 年版。

[11] 栾丰实著：《东夷考古》，山东大学出版社 1996 年版。

[12] 中国社会科学院考古研究所编著：《滕州前掌大墓地》，文物出版社 2005 年版。

[13] 中国国家博物馆田野考古研究中心、山东大学考古学系编著：《山东薛河流域系统考古调查报告》，科学出版社 2016 年版。

[14] 王学典著：《滕州读本》，山东人民出版社 2018 年版。

[15] 袁俊杰、贾一凡著：《小邾国历史文化的考古学研究》，科学出版社 2020 年版。

[16] 枣庄市地方史志编纂委员会编：《枣庄市志》，中华书局 1993 年版。

[17] 政协枣庄市山亭区委员会编：《山亭区村名志》，山东大学出版社 2017 年版。

[18] 徐隆主编：《枣庄非物质文化遗产荟萃第二辑》，澳门文艺出版社 2021 年版。

[19] 苑继平主编：《枣庄运河文化》，青岛出版社 2006 年版。

后　记

　　《丛书》（下编）的编纂，是在中共山东省委宣传部直接领导下完成的。省委常委、宣传部部长白玉刚同志统筹策划部署，并担任编委会主任，多次主持召开编委会会议，提出明确目标要求和指导意见。省委宣传部分管日常工作的副部长、省文明办主任、省新闻办主任袭艳春同志对本书的立项出版、风格设计等方面提出了许多宝贵意见。在魏长民、毕司东、程守田、张同海、冷兴邦等同志的大力指导支持下，以教育部人文社科重点研究基地山东师范大学齐鲁文化研究院为学术挂靠单位，组建了《丛书》编纂学术委员会，具体负责编纂学术指导、质量把关、终审定稿工作。山东师范大学特聘资深教授王志民任主任，山东大学儒学高等研究院教授杨朝明、中共山东省委党史研究院原一级巡视员韩延明、鲁东大学原副校长刘焕阳、山东齐鲁师范学院原副院长刘德增任副主任。

　　《丛书》（下编）为每市一卷共16卷，都列为山东省社科规划一般项目。在省委宣传部统一领导下，各市委宣传部负责本市卷的具体组织编纂工作。《丛书》编纂学术委员会制定了统一的《编撰体例》《编撰指导意见》；在主任全面负责下，分为4个片区，各由一名副主任作为首席专家具体指导，杨朝明教授：淄博、泰安、济宁、枣庄；韩延明教授：潍坊、临沂、日照、菏泽；刘焕阳教授：青岛、威海、烟台、东营；刘德增教授：济南、聊城、德州、滨州。各市委宣传部认真落实省委宣传部、编纂学术委员会的部署，大力支持编纂工作，组织有关部门与专家对提纲设计、样稿研讨、通稿定稿等关键环节，反复研讨、审议；各片区进行了多次研讨交流，相互借鉴，取长补短；各卷主编和全体编纂人员团结合作、齐心协力，付出了艰辛劳动。山东文艺出版社提前介入，对编纂工作和撰稿体例等提出了许多宝贵意见。在此，我们谨向为《丛书》编纂付出心血的各位领导、专家、作者和所有相关同志们表示诚挚感谢！

本册编纂，得到首席专家杨朝明教授悉心指导，中共枣庄市委常委、宣传部部长陈永生同志，市委宣传部分管日常工作的副部长、市文明办主任孙海鹏同志，副部长李景龙同志，给予多方关心支持；本市党史、文旅、教育等部门及枣庄学院的有关同志提出诸多意见和建议。主编徐民伟全面负责本册的编纂工作。具体撰稿分工如下：朱法武撰写"哲人贤士""典故逸闻"部分；王昌龙撰写"山川胜景""人文景观"部分；尹秀娇撰写"文物遗址"部分；沙朝佩撰写"非遗匠造""市井烟火"部分。图片由孔令勤、罗宏伟拍摄收集。韩平、孙青、王栋、赵轩参与了相关工作。

由于学识水平与编纂时间所限，不足之处在所难免，敬请专家和读者批评指正。

编者

2023年8月